로크미디어가
유혹하는
재미있는 세상

환생한 대마법사의 정주행 13

2021년 11월 5일 초판 1쇄 인쇄
2021년 11월 10일 초판 1쇄 발행

지은이 서상현
발행인 김정수 강준규

기획 이기헌 왕소현 박경무 강민구
책임편집 이정규
마케팅지원 배진경 임혜솔 송지유 이영선

발행처 (주)로크미디어
출판등록 2003년 3월 24일
주소 서울시 마포구 성암로 330 DMC첨단산업센터 318호
Tel (02)3273-5135 **편집** 070-7863-8597 **Fax** (02)3273-5134
홈페이지 rokmedia.com **E-mail** rokmedia@empas.com

© 서상현, 2020

값 8,000원

ISBN 979-11-354-6763-9 (13권)
ISBN 979-11-354-9260-0 04810 (세트)

서상현 판타지 장편소설

13

환생한 대마법사의 정주행

ROK
MEDIA

로크미디어

Contents

남은 하나

아침이 되었을 때.

난 가렌트를 포함한 검사 친위대와 조각사를 전부 호출했다.

우리가 모인 장소는 숲의 공터.

이 위에는 당연하게도 얼마 전 우리가 새롭게 만든 위의 세계가 떠 있다.

시간적으로는 이른 아침인데도 모인 친위대와 조각사들의 표정에는 불편함이 없었다.

적어도 각자의 컨디션에는 아무런 문제가 없다는 희망적인 소식이다.

조각사와 친위대는 각자 대열을 갖췄다.

조각사는 조각사끼리, 그리고 검사 친위대는 친위대끼리 섰다.

친위대 대열 앞에 수장처럼 자리 잡은 사람은 공식적으로 대검사 후계자 신분이 된 드레드였다.

"드레드, 컨디션은 좀 어때?"

표정엔 아무런 문제가 없었지만, 괜히 물은 것이다.

그래도 어느 정도 경직된 표정인 것은 사실이니까.

"아…… 나쁘진 않아요. 그런데……."

말끝을 흐리며 나와 가렌트가 아닌, 자신의 뒤에 있는 검사들 눈치를 살폈다.

"긴장은 된다?"

"……네."

그는 조심스럽게 고개를 끄덕이며 답했다.

눈치를 본 이유는 특별한 것도 없을 거다.

하루아침에 검사들을 이끄는 중요 인물이 되었으니, 그만큼 책임감이나 부담감을 느끼고 있을 것.

그런 중요한 자리에 있는 자신인데, 긴장하면 부하들에게 괜히 폐를 끼치는 게 아닐까?

이런 생각 때문일 터다.

어느덧 드레드는 긴장하는 것도 남의 눈치를 봐야 한다는 소심한 성격에서 나온 지극히 자연스러운 반응이었다.

"세상에 긴장 안 하는 사람이 얼마나 있어. 나도 긴장되는데 뭘. 그건 다 마찬가지일걸. 가렌트 넌 안 그래?"

"나도 두근두근한다."

"아아…….."

그제야 조금 긴장이 풀린 듯했다.

다들 긴장한 건 마찬가지다.

그저 얼마나 내색하느냐, 하지 않느냐의 차이일 뿐이다.

"어쨌든, 컨디션엔 문제없다는 게 중요한 거 아니겠어? 드
레드."

"네, 아르키스 님."

"다들 내가 설명한 작전은 그대로 숙지하고 있지?"

드디어 다가온, 남은 하나를 처리하기 위한 날.

본격적으로 시작하기 전에 확실히 짚고 넘어갈 것들이다.

"물론입니다."

모두가 씩씩하게 답했다.

"좋아. 그럼, 드레드를 포함한 검사들만 모이고 마법사들
은 뒤로 빠지도록. 아 참, 마법사들도 지휘할 사람 하나가 필
요하겠군."

나와 가렌트는 직접 사일러드가 있는 본교로 간다.

밑의 세계에 남은 검사들은 드레드가 지휘할 수 있어서
큰 문제는 없다고 치지만, 마법사 무리인 조각사는 그렇지
않다.

물론 굳이 정하지 않더라도 알아서 잘하겠지만, 그래도 난

공식적인 지휘자 하나는 정하고 가고 싶었다.

"으음…….."

조각사들을 보면서 고민했다.

누구로 지정해야 효율적이고 안전하게 마법사들을 통솔할까.

하지만 그 생각은 바로 바뀌었다.

'아니지, 어차피 다들 처음 해 보는 것도 아니고. 어느 정도 한 적은 있으니까 누구로 지정하든, 안전하고 효율적이게 지휘할 수 있다는 뜻인데.'

조각사의 주요 마법사는 대표적으로.

루스 알프릭, 라무스 트레샤, 에밋 바이스, 에드 임펠, 에드 루트 정도가 있다.

하지만 그중에서도 특히 알프릭과 트레샤, 바이스, 이 세 명의 가주가 내가 없을 때 조각사를 도맡았다고 해도 과언이 아니다.

지금 이 순간만큼은 그들에게 맡기고 싶은 마음이 없었다.

왜냐.

이미 조각사 내부에 충분히 나를 대신하여 그들을 이끌 수 있는 재목이 존재하니까.

"델세르."

내가 그녀의 이름을 부른 순간.

델세르는 몸을 조금 발작할 정도로 화들짝 놀랐고, 나머지 조각사들은 의외의 눈초리를 그녀에게 쏟아 냈다.

"……네?"

"앞으로 나와."

"저는 왜……?"

"나오기나 해."

그렇게 조각사들의 선두에 선 델세르.

난 이 기회를 통해 조각사에게 공표했다.

"이번 전투에서 밑의 세계에 남겨진 너희를 이끌 건 델세르다. 불만들 없지?"

조금은 강압적으로 물었다.

감히 내 결정에 불만을 가질 사람, 혹시나 해서 묻는 건데 그래도 형식적으로 묻는다.

있긴 하냐?

……라는 조금 매서운 협박을 하기 위함이다.

그러던 중, 바이스가 조심스럽게 손을 들었다.

"왜."

"저기…… 델세르를 갑자기 지목하신 이유가 뭔지 궁금해서요."

"다른 사람도 아니고 넌 알고 있을 거 아냐. 네 딸인데."

"아니, 그게 아니라……."

그러면서 바이스는 내게 어떠한 눈빛을 보냈다.

그 눈빛은 분명 '이거 이렇게 막 결정해도 되는 겁니까?'라고 묻고 있었다.

"뭐가 문젠데? 델세르가 제일 적합하지. 델세르는 플레우드인 데다가 보주화까지 구현 가능한 마법사. 이보다 더 훌륭한 조건이 더 있어?"

그러자 조각사들은 전부 당황했다.

특히 당혹함을 보인 마법사들은 1기 조각사.

그들은 전부 소위 말하는 한가락 하는 마법사들이었고, 심지어는 가문의 마법사들이다.

그런 마법사들도 대부분이 구현 못 하는 마법이 보주화인데, 언제 델세르가 그렇게 됐냐는 당혹함이다.

"그럼…… 아르키스 님."

이젠 델세르가 조심스럽게 물었다.

"응."

"저를 지휘자로 지목하신 건…… 검사들 앞에 있는 드레드 검사와 같은 경우인가요?"

은근히 기대하면서 묻는 델세르.

그녀의 말뜻은, 드레드는 공식적으로 대검사 후계자다.

자신도 대마법사 후계자 신분이 되었냐는 질문이다.

"당연히 아니지. 고작 보주화 하나 구현했다고 쉽게 후계자 자리 넘겨줄까. 하지만 공식적인 제자는 너니까 내가 없을 때 네가 마법사들을 지휘하라고. 이제 넌 충분히 그럴 자격이 되잖아."

아무리 그래도 난 스스로 공과 사는 구분할 줄 안다고 생각한다.

내 말대로, 고작 보주화 하나 구현했다고 덥석 대마법사 후계자 임명?

당치도 않다.

후계자란 자리는 그렇게 간단한 조건으로 달성할 수 있는 결코 가벼운 곳이 아니니까.

"그런데 그런 이유라면…… 굳이 제가 지휘할 이유가 있나요? 혹시라도 실수하면…….."

"어차피 실수해도 네 주위엔 바로잡아 줄 수 있는 사람 많아. 이럴 때 남을 통솔하는 경험을 쌓지, 언제 쌓을 건데? 넌 여태껏 내가 알려 준 걸 따르기만 했지, 네가 직접 판단하며 무리를 지도한 적 없잖아? 이참에 그러라고."

"아무리 그래도…… 제가 어떻게…….."

다른 조각사들은 이제 수긍하는 분위기가 되었는데, 정작 델세르 본인은 쉽사리 받아들이지 못하는 중이다.

이럴 때 효과적인 게 뭘까?

어떻게 구슬려야 델세르가 넙죽 받아들이고, 자신감을 찾을까?

나는 델세르의 성격을 다시 생각했다.

그녀는 옆에서 따듯하게 조곤조곤 말하는 것보다, 조금은 강압적으로 말하는 게 훨씬 효과적인 사람이다.

그녀의 인생이 워낙 처절해서 그렇게 살아왔으니까.

오해가 풀리기 전인 아무것도 몰랐던 시절.

에타르를 향한 복수.

이것 하나만 생각하고 혼자 은거하며 6서클이 되었고, 그렇게 에드 분교에 입학한 이력까지 있는 델세르.

즉, 그녀는 온실 속에서 자란 화초라기보다 정글에서 끝없이 살아남기를 갈구하는, 잡초의 성격이다.

그런 잡초에게 호화스러운 관리는 오히려 독이 될 수 있다.

"네가 이번에 잘하면 진짜 후계자 자리를 줄지 생각해 볼게. 하지만 제대로 못 하면 아무것도 없는 거지."

그 말을 넌지시 던졌을 뿐인데, 델세르의 눈빛이 달라졌다.

"그 말씀, 무르기 없기입니다?"

심지어 이젠 목소리에 자신감이 가득하다.

역시, 델세르는 이렇게 구슬리는 게 정답이다.

"내가 무른 적 있나?"

"없죠!"

"그럼 정해졌네. 조각사들도 이렇게 끝. 밑의 세계는 너희들에게 맡긴다. 조각사와 검사 친위대."

내가 그 말을 남기자 오히려 큰 함성이 터져 나온 곳은 친위대 쪽이다.

"여긴 걱정하지 마십시오!"

저렇게 씩씩한 목소리로 답해 주니, 마음은 확실히 놓였다.

이 작전에서 가장 중요한 것은 검사들.

이유는 난 이제 사일러드의 신물을 밑의 세계로 보낼 거다.

비전력과 원소까지 결합해서 만들어진 사일러드의 신물을 제압하는 데에는 마법사들의 마법이 아닌 검사들의 검술이 훨씬 효과적이며 확실하기 때문이다.

따라서 일선에서 맞서 싸우는 것이 검사들이고.

그 뒤에서 검사들의 안전을 최대한 책임지는 게 마법사들.

검사들은 몸으로 싸우고, 마법사들은 마법으로 싸우는 형태가 되었다.

어쨌든 일선에 서게 될 검사들이 씩씩함을 잃지 않으니 나로서는 확실히 믿고 맡길 수 있는 상태가 됐다.

"드레드, 잘해 보라고."

그에 질세라, 가렌트가 그에게 말했다.

"최선을 다하죠!"

드레드도 역시 씩씩하게 답했지만.

가렌트는 고개를 절레절레 저었다.

"최선은 누구나 다 해. 잘하라니까?"

"……아."

드레드가 무안하게 반응하자 그의 뒤에 있던 검사들이 큭 큭대며 웃었다.

드레드도 뒤에서 웃는 검사들을 쳐다보고, 어리둥절한 표정을 짓다가.

이내 자신도 무언가를 깨달았는지 어깨를 들썩이며 소리 없이 웃었다.

"검사들도 긴장은 조금 풀린 것 같네. 가자, 에이머. 남은 하나를 처리하러."

가렌트는 일부러 그의 긴장을 풀어 주기 위해 저런 말을 했던 것이다.

"……참, 이상하네. 내가 아는 가렌트는 이런 식으로 긴장 풀어 주는 법을 아는 녀석이 아닌데? 딱딱하기 그지없는 녀석이었지."

많이 의외다.

그리고 결정적으로 가렌트랑은 어울리지도 않는 방법이라서 나조차도 얼떨떨했다.

"아~ 예전에야 몰랐지. 누구한테 배우고 난 다음에 써먹은 거다. 효과 확실하네."

"……누구?"

"있어. 나중에 알려 줄게."

가렌트는 굳이 답하지 않고 나와 함께 몸을 돌렸다.

'저런 농담으로 긴장 풀어 주는 방법은 분명히…… 니드가

잘 써먹는 방법이었는데.'

잠깐, 그러고 보니 어느 순간 니드랑 가렌트가 서로 붙어 있더니.

아무래도 니드와 가깝게 지내면서 배운 모양이다.

물론, 난 왜 그 둘이 갑자기 가까워졌는지에 대해서는 아무것도 모른다.

"얼른 열어, 에이머. 그놈을 잡으러 가야지."

가렌트는 날 재촉했다.

쓸데없는 생각 그만하고 남은 하나를 처리하자는 완고한 의지다.

"……알았다."

그래, 생각해서 뭐 하나.

지금 궁금해 봤자 아무짝에도 쓸모가 없는 것들인데.

궁금한 것들은 남은 하나를 처리한 뒤에 얼마든지 알 수 있는 시간과 기회가 있다.

따라서 지금 우리가 해야 할 것은 그 남은 하나와 마주하는 것.

마주하는 것을 넘어서, 맞서 싸우고 당당하게 이긴다.

이것만이 목적에 있을 뿐이다.

"끝나고 나서 꼭 알려 줘라, 너한테 그런 농담을 알려 준 사람."

"약속하지."

확실한 약속을 받고 나서, 난 포털을 열었다.

드디어 본교로 향하는 포털이 열렸다.

"본교의 꼭대기로 통하는 거야?"

들어가기 전에, 가렌트가 물었다.

"아니."

"……왜?"

"마지막이니까. 신중해야지."

난 답하지 않고 가렌트를 끌고 포털 안으로 몸을 함께 밀어 넣었다.

"……."

꼭대기에 있던 사일러드.

그는 한껏 마음을 차분하게 하고, 명상을 하고 있던 중에 불쾌한 기운을 감지했다.

그 즉시 눈을 뜨고, 시선은 뒤로 돌렸다.

불쾌한 기운이지만, 적어도 지금 그에게 있어선 오히려 반갑다고 표현하는 게 옳았기 때문이다.

"드디어. 올 것이 온 거냐? 기다리고 있었다."

그에게 있어서도 마지막 기회가 될 수 있는 순간이다.

그 기회란, 바로 밑의 세계로 가는 기회다.

"어서 와라."

사일러드는 두려움보다 점점 흥분하기 시작했다.

이제 곧 밑의 세계로 갈 수 있다는 생각 하나만 할 수 있게 되었으니까.

"뭐야? 왜 1층 복도야?"

내가 포털로 지정한 목적지는 바로 1층 복도.

그것도 보관실로 내려가는 지하 계단 앞이다.

포털에서 나오자마자 가렌트는 의아해서 물었다.

"사일러드가 어디 있는지 모르잖아. 1층부터 차근차근 올라가려고."

"아~ 그래서 마지막이니까 신중해야 한다고 했었구나?"

그렇다.

내가 새롭게 위의 세계를 만들고.

기존에 있는 위의 세계는 이미 주인이 사라진 상태.

그런 조건이라면 기존에 있던 세계에 내가 마음대로 통로를 놓을 수 있지만, 정작 제일 중요한 사일러드의 위치는 정확히 알 수 없다.

따라서 난 1층부터 올라가면서 사일러드의 위치를 파악할 셈이었다.

"그러니까 꼭 붙어 다녀라. 너 혼자는 위험하잖냐."

"하긴, 놈도 비전력 사용자인 데다가 원소를 세 개나 가지고 있지."

그렇게 난 가렌트와 천천히, 심혈을 기울여, 긴장을 유지한 채로 수색하기 시작했다.

그러나 1층을 전부 뒤졌을 때에도 사일러드의 모습은 보이지 않았다.

"이상하네. 전에는 바로 앞에 나타난 녀석이 지금은 어디에 박혀 숨어 있는 걸까?"

가렌트는 그런 사일러드의 행동을 의심했다.

나 역시도 마찬가지다.

당당하게 내 앞에 모습을 드러내던 그가 왜 지금은 모습을 못 숨겨서 안달인 것 같은 느낌을 지울 수가 없는 걸까?

"설마, 겁먹은 건가? 겉보기에도 네가 전과 달리 너무 강해졌다는 걸 느끼고?"

가렌트가 슬쩍 물었다.

이번에도 잔뜩 긴장한 바람에 경직된 마음을 풀어 주기 위한 그런 농담이다.

"그럴 리가 있냐. 스승님까지도 죽이려고 했던 녀석인데, 고작 나한테 겁먹을 리가 없지."

이런 상황에 농담이 꼭 나쁘지만은 않았다.

너무 경직된 것보다 오히려 조금 긴장을 풀 수 있는 여유.

이 여유 덕분에 두려움 같은 건 전혀 느껴지지 않았으니까.

그렇게 2층으로 진입하고.

1층에서와 똑같이 시설물 전부를 샅샅이 파헤쳤다.

2층에서도 사일러드의 모습은 똑같이 찾아볼 수 없었다.

3층, 4층…….

6층까지를 똑같은 방법으로 수색했지만, 역시나 여전히 사일러드는 나타나지 않았다.

"이제 한 곳만 남았군."

가렌트와 난 꼭대기로 향하는 입구 앞에 섰다.

정확히 말하면, 본래 꼭대기로 향하는 입구가 '있었던' 곳이다.

그러나 지금은 완전히 무너져 내려, 그 형체도 제대로 알아보기 힘들 정도가 되어 있었다.

'이건 에타르의 마법 영향을 받아 무너진 거겠지.'

밑의 세계에서 바라봤을 때, 마법 사회가 있는 위의 세계까지 불타게 만든 에타르의 마지막 마법.

그 영향이라고밖에 볼 수 없었다.

이렇게 되면 문은 사라졌으니, 포털을 통해서 가야 했다.

'사일러드는 어떻게 여기를 자유자재로 드나든 걸까?'

본래 꼭대기 입구가 있던 곳 주위를 살피니, 여기저기 벽에 부서져 구멍이 난 곳이 많았다.

'이거구나……'

그것만 보고도 어떻게 된 영문인지 바로 알 수 있었다.

이유는 사일러드는 무식하게 힘을 폭발시켜, 억지로 길을 뚫었던 것.

같은 공간인 위의 세계에 있으니, 이런 무식한 방법이 가능했던 것이다.

'너란 놈은…… 정말 예상을 매번 빗나가게 하는군.'

가렌트와 난 벽에 난 구멍 앞에 섰다.

"꼭대기로…… 향하는 구멍?"

가렌트가 물었다.

"응. 기존의 문은 사라지고 이런 구멍만 남은 것 같다. 어쨌든, 사일러드가 이 안에 있는 건 확실한 거지."

과연 사일러드가 꼭대기에 남아 있는 이유는 뭘까?

아무래도 유추하자면, 이런 의미 같았다.

그는 원소사들을 혐오했고, 원소사가 세운 정의와 세상을 부정했다.

그리고 자신만의 세상을 만들어 정상에 서려고 했던 자.

어떻게 해서든 원소사가 세운 정의와 세상이 잘못됐다는 것을 증명하기 위해 스스로 원소사와 전쟁을 벌인 비정상적인 사고를 가진 마법사.

그래서 원소사들이 주를 이룬 과거의 마법 사회를 극악무도하게 부수기 시작했고, 거기에 검사들도 휘말리면서 검사와 마법사 들의 갈등까지 생기게 한 장본인.

분명히 내가 본교로 왔다는 것은 알고 있을 거다.

전에 스승님을 만나기 위해 이곳에 발을 들였을 때, 그가 알고 바로 찾아왔으니까.

절대 내가 온 것을 모를 마법사가 아니다.

따라서 이제 산출할 수 있는 답은 하나.

'꼭대기에 있으니 날 찾아오거라.'가 된다.

이 모양새는 꼭 우리가 직접 밑에서부터 꼭대기를 향해 올라가니, 도전자의 입장이 된 느낌이다.

뭐, 사실 따지고 보면 틀린 말은 아니다.

사일러드라는 정상을 없애고, 우리만의 정상을 만들기 위한 도전인 것은 사실이니까.

그래도 너무 유치하다고 느껴지는 그의 행동이다.

난 꼭대기로 향하는 철문에 손을 대고 가렌트에게 말했다.

"간다, 가렌트. 사일러드는 분명히 이 안에 있어. 준비됐지?"

"물론이지."

답을 듣자마자 우린 동시에 벽에 난 구멍을 통과했다.

밑의 세계에서 마지막 전투를 준비하는 드레드와 델세르.

둘은 본격적인 전투 시작에 앞서, 한 가지를 조율 중이다.

"아르키스 님이 시작하면 전 바로 제가 가진 원소로 장벽을 칠 거예요. 사일러드의 몬스터가 우리를 무시하고 마법사나, 평민들을 습격하는 걸 방지하기 위해서요."

드레드가 정확히 어떻게 할 것인지를 설명했다.

"장벽……? 어떤 장벽을 말하는 거죠?"

졸지에 마법사의 대표가 된 델세르는 그가 한 말 하나하나를 놓치지 않고 집중했다.

자신에게 있어서만이 아닌, 검사와 마법사.

그리고 평민까지.

모든 세력에게 중요한 마지막 결전의 날이니, 하나라도 기억에 더욱 선명하게 때려 박겠다는 그녀만의 의지다.

"대지 원소의 장벽이요."

"……으음, 말로만 설명을 들으니 감이 안 오는데. 살짝 보여 줄 수 있나요? 간략하게요."

"이런 식으로요."

드레드는 곧장 자신이 가진 대지 원소를 이용해 간이 투기장을 만들었다.

드레드의 몸을 중심으로, 일정한 반경을 두고 동그랗게 솟아오른 장벽이다.

하지만 델세르는 고개를 갸웃거렸다.

"그런 식이면…… 우리 마법사도 검사들을 제대로 볼 수가 없어서 적절한 도움을 못 줄 것 같은데."

장벽을 세우는 바람에 눈으로 싸워야 하는 마법사들의 시야까지 차단되어 버린 것.

게다가 마법으로 검사들을 도와줘야 하는데, 드레드가 검사들 전부를 이끌고 장벽 안으로 들어가면 마법사들은 잉여 병력이 되는 꼴이었다.

델세르 나름대로의 날카로운 분석이다.

"으음, 그렇다고 장벽을 작게 만들 순 없는데. 사일러드의 몬스터는 수가 엄청나니까요."

둘은 이제 잠시 침묵하며, 각자의 머릿속에선 어떻게 하면 좋을지를 계속 고민했다.

그러다 문득 델세르가 먼저 한 가지 묘안이 떠올랐다.

"꼭 마법사가 장벽 밖에 있어야 하나요? 안에 같이 들어가는 게 나을 것 같은데."

"……그러면 마법사들이 너무 위험하지 않아요?"

그녀의 말대로 마법사들도 함께 장벽 안으로 들어가면 시야가 차단되는 문제는 해결되지만, 정작 신물로부터 안전을 보장할 수 없으니, 드레드는 그게 제일 걱정스러웠다.

"위험? 어차피 검사들이 지켜 줄 거잖아요? 검사들도 우리가 눈에 보이는 곳에 있어야 더 안심할 것 같은데."

그녀는 자신의 생각이 옳다는 것을 강하게 어필하기 위해 조금은 퉁명스럽게 답했다.

듣기에 따라서 검사들에게 안전을 강요하는 것처럼 들리지만, 드레드에게는 전혀 그렇게 들리지 않았다.

여태까지 그들이 진행한 모든 전투는 마법사와 검사 들의 공생 관계.

둘 중 하나가 없으면 절대 사일러드의 몬스터들을 막아 낼 수 없다는 것을 분명히 알고 있었기 때문이다.

따라서 델세르의 말은, 마법사와 검사를 분리하는 것보다 함께 장벽 안에 있는 것이 훨씬 안전할 거란 것을 강하게 주장한 것이다.

"으음……."

드레드는 잠시 상상했다.

처음 그가 세운 계획처럼, 마법사와 검사 들을 분리했을 때와 델세르의 말대로 오히려 함께 장벽 안에 있는 것.

둘 중 어떤 방법이 사일러드의 몬스터들을 보다 확실하게 제거할 수 있을까.

그 고민은 오래가지 않았다.

드레드는 곧장 고개를 천천히 끄덕이며 답했다.

"제 생각이 짧았네요. 무조건 우리가 다 해야 한다는 강박이 있었나……."

결국, 그는 델세르의 의견에 동조했다.

"충분히 그럴 수 있죠. 그런데 이 장벽 크기와 높이는 얼마나 할 수 있어요?"

"크기는 이 공터 전부를 채울 수 있을 정도는 되죠. 높이는 웬만한 건물 정도 되고."

"오호."

델세르는 만족스러우면서도 놀랐다.

마법을 접한 지 얼마 되지 않은 마검사인데도 그 정도로 할 수 있다면 큰 걱정은 없을 거라고 생각했으니까.

"그럼, 그렇게 결정된 거죠? 마법사들한테 전해야 하니까요."

중요한 얘기는 끝이 났으니 델세르가 확실하게 물었다.

"네. 저도 검사들에게 전할게요. 마법사들을 지키면서, 제압해야 한다고."

"신세 좀 지겠다고 덧붙여 주시고요."

"……아, 네."

그렇게 밑의 세계 쪽도 준비는 착실하게 되는 중이다.

⁂

구멍을 통과하자, 마치 포털을 통과한 것처럼 완전히 다른 세상이 우릴 맞이했다.

드디어 꼭대기의 모습 전부가 우리의 눈에 들어온 것이다.

"……."

하지만 난 꼭대기의 모습을 본 순간 잠시 시간이라도 멈춘

듯이 생각이 멈추게 되었다.

그야말로 아무것도 없는 곳.

사일러드를 가뒀던 철문은 물론이고, 봉인석, 기존의 꼭대기 출입구까지.

내가 처음 위의 세계를 만들었을 때와 똑같은 모습이라 할 수 있었다.

황폐함 그 자체.

정말 말 그대로 우리가 선 땅을 제외하면 아무것도 없는 곳.

다만 내가 만든 위의 세계의 첫인상과 차이가 있다면.

여기는 온통 칠흑 같은 암흑만이 드리워져 있다는 점이다.

그리고 그런 암흑의 황무지에 사일러드는 팔짱을 낀 상태로, 굳건하게 서서 우리 앞에 있었다.

"이제야 왔나, 아르키스 에이머? 한참이나 기다렸거늘."

그는 오히려 조롱할 심산인지, 말을 하면서도 비웃음을 흘려보냈다.

"그래? 기다린 시간은 어땠어? 지루하진 않았어? 난 밑의 세계에서 즐겁게 보냈는데 말이야."

나와 가렌트는 사일러드와 일정한 거리를 두고 선 채로 답했다.

일부러 사일러드를 도발하기 위함이다.

사일러드는 자기 과시가 심한 마법사.

자신의 이름만 들으면 벌벌 떨어야 직성이 풀리는 유형이
다.

　남의 두려움이 자신에게는 곧 즐거움.

　그러나 난 그런 두려움이 전혀 없었다는 도발이었다.

　"즐겁게?"

　역시나 사일러드는 곧장 반응했다.

　"어. 가끔 심심하면 네가 몬스터들도 보내 주니 걔들이랑
놀면서 시간 잘 보냈지."

　"……."

　사일러드는 잠시 말을 멈췄다.

　입술이라도 꽉 무는지, 그의 볼이 단단해졌음이 눈에 보였
다.

　"아르키스 에이머, 뭘 그렇게 믿고 주둥아리를 나불거리
는지 모르겠다만……."

　"아, 잠깐. 혹시…… 그게 오늘로 끝이란 진부하고 유치한
말을 하려는 거 아니지?"

　그의 말을 억지로 끊으며 선수 쳤다.

　"수준을 맞춰 주니까 눈에 뵈는 게 없구나."

　이것도 효과는 확실했다.

　사일러드 몸 뒤에서 검은색 아지랑이가 피어올랐다.

　크르르르르……

　늑대 소리가 들리더니, 아지랑이가 사라지고 사일러드의

키보다 조금 큰 검은 늑대가 사일러드를 보호하는 것처럼 섰다.

"애들도 아니고 말로 할 필요 없지."

"바라던 바다. 가렌트!"

그리고 내가 가렌트를 향해 플레우드 비전력으로 만든 마검을 건네주는 그 순간이었다.

"이미 한번 본 게 또 통할 거라 생각하나?"

사일러드가 소환한 늑대에게 명령해, 재빠르게 중간에서 마검을 낚아챘다.

"기가 차는군."

가렌트에게 전해 줬던 마검을 물고 사일러드에게 향하는 늑대를 본 내가 한 말이다.

솔직히 말하면 터져 나올 뻔한 폭소를 겨우 참았다.

"사일러드, 플레우드를 잘 아는 놈이 왜 그런 무모한 짓을 하지?"

"뭐?"

"내 마검은 허락된 자만 사용할 수 있다. 허락받지 않은 네가 가져가 봤자 아무 의미도 없는 짓이잖아?"

아직 늑대는 사일러드에게 도착하기 전이다.

이제 한 발자국만 뻗으면, 늑대는 주인이란 안식처가 있는 사일러드의 품으로 돌아간다.

그 직전에.

난 늑대를 향해 손을 뻗으며 말했다.

"플레우드는 알아도 비전력으로 만들어진 플레우드는 잘 모른다는 뜻인가? 너답지 않네. 늘 신중한 놈이라고 생각했는데."

마검을 원격으로 조종했다.

마검은 말 그대로 마법으로 만들어진 검.

따라서 내 손에 없더라도 내가 원하는 대로 조종할 수 있다.

난 마검을 폭발시켰다.

깨갱―!

늑대의 외마디 비명과 함께, 늑대는 폭발에 휘말려 터져 나가 잔해로 변하며 잠시 살점이 소나기처럼 내렸다.

투두둑.

"……."

자신의 늑대가 한순간에 잔해로 변해 땅에 나뒹구는 것을 본 사일러드는 표정이 한층 더 무겁게 변했다.

"이렇게 없애 버리고 새로 만들면 그만인데?"

난 그리고 새로운 마검을 만들어 이번엔 확실하게 가렌트에게 건넸다.

"역시 내 마검보다 네 마검이 훨씬 좋다니까, 이게 플레우드인 데다가 비전력 사용자의 위력인가?"

마검을 휘두르며 촉감을 바로 익힌 가렌트의 만족스러운

목소리.

전투준비는 완벽히 되었단 신호이기도 했다.

그리고 난 방금 사일러드가 한 행동을 보고 확실하게 알게 된 게 있었다.

'사일러드, 너 이 마검이 두려운 거구나?'

그렇지 않고서야 어설프게 늑대를 이용해 중간에서 낚아 챌 생각을 다 했을까?

그가 분명히 '이미 한번 본 게 또 통할 거라 생각하나?'라고 말한 그 이유.

나와 가렌트가 보관소로 향했을 때, 마검의 위력을 직접 두 눈으로 똑똑히 봤다는 것이다.

그 뒤로 고립된 시간이 많았으니, 그때 생각했을 것이다.

새로운 형태로 나타난 플레우드 비전력.

어떻게 파훼할까.

하지만 끝내 완벽한 파훼법은 내지 못했기에 결국 사일러드가 택한 방법은 마검을 손에 쥘 상황을 만들지 않는 게 최선이라고 생각한 모양이었다.

일부러 자신의 약점을 들키지 않기 위해 괜히 허세를 부리다가 오히려 약점이 전부 노출된 꼴이다.

'내 생각은 틀리지 않았군.'

처음, 스승님을 만나러 이곳에 왔을 때.

그 당시에 내 비전력은 전생에 비교하면 80%.

부족한 20%는 새로이 익힌 검술로 충분히 커버가 될 거라고 혼자만 생각했는데, 사일러드의 반응을 보니 정답이라고 확신했다.

그땐 80% 수준이지만, 지금은 이제 98%다.

전생과 비교하면 고작 2%밖에 부족하지 않은데, 사일러드가 두려워하는 무기를 얻었으니.

절대 실패할 거란 생각이 들지 않았다.

'에타르. 네가 남기고 간 다음이란 거, 착실하게 이용해 주마. 너의 바람대로 다음이란 게 존재하면, 승리할 수 있어.'

이번 싸움은 단순히 나와 사일러드만의 싸움이 아니다.

이 세계의 존망이 걸려 있다고 해도 과언이 아니고, 그 속에는 희생된 많은 이들이 존재한다.

에타르와 내 스승님.

이 둘을 위해서라도 진다는 생각은 절대 해선 안 됐다.

"가렌트, 부탁한다."

"뭘 새삼스레."

가렌트의 손에 온전한 마검이 들린 것을 확인한 사일러드.

그는 감정을 알 수 없는 무표정을 짓더니, 이내 황량하게 변한 꼭대기 전부를 채우고도 남을 만큼의 라이칸 무리를 소환했다.

그의 본래 계획은 마검을 아예 들지 못하게 하려는 것이었으나 완전히 실패로 돌아갔으니.

정면 승부가 남은 카드의 전부란 뜻이었다.

"약 450년 전이 떠오르는군, 사일러드."

보름달 전투를 했던 시기를 말하는 거다.

450년 전과 똑같은 장소에서 상대도 변하지 않은 같은 싸움.

그러나 그때 이곳에 있던 보름달은 이제 사라지고 어둠 가득한 하늘만이 존재한다.

"그때와 비교하면 숫자가 너무 적지 않나?"

'허세는.'

사일러드는 여전히 자신의 약점을 들키지 않으려고 괜히 큰 목소리를 냈지만 간파하기 너무 쉬운, 수준 낮은 위장술이었다.

내게 답하는 그 순간에도, 그의 시선이 가렌트의 손을 향해 있는 것을 똑똑히 봤으니까.

그는 마검을 상당히 경계하는 중이었다.

이제 내가 사용할 마검을 소환하고 손에 쥐었다.

"괜찮아. 숫자는 그때에 비하면 현저히 적어도, 결과는 변하지 않을 거야."

기나긴 싸움 끝에 결국 패배한 쪽은 사일러드.

그때는 출혈만 가득했던 싸움이었지만, 오늘날에 이른 이 마지막 싸움은 출혈이란 게 없을 거다.

그 믿음 하나로, 나와 가렌트가 사일러드를 향해 발자국을

힘차게 내디뎠을 때다.

휘이이잉-!

사일러드도 본격적으로 시작했다.

그는 곧장 보주화를 띄웠다.

하지만 이번 보주화의 형태는 조금 달랐다.

그가 처음 철문에서 봉인이 풀리고 나오고, 그의 조각인 쿠로, 헤이, 키에나까지 전부 흡수했을 때.

그땐 세 개의 보주화를 따로 띄웠었다.

각각 어둠, 바람, 불.

사일러드가 새롭게 손에 넣은 원소 마법의 최종 형태를 띄운 것이었다.

그러나 지금 사일러드가 띄운 보주화는 단 하나.

검은색 화염이 토네이도처럼 빙글빙글 돌고 있다.

'세 가지 원소를 합쳤군.'

보주화가 하늘에 뜬 직후.

크르르르……!

그의 주력 소환 마법인 거대한 라이칸들이 등장했다.

순식간에 그 수가 급격히 불어나, 나와 가렌트.

그리고 사일러드만 있었을 땐 황폐하기 그지없었던 이곳이.

발 디딜 틈도 쉽게 찾을 수 없을 정도로 비좁게 변했다.

땅에 두 발로 버젓이 선 거대한 라이칸이 있는가 하면.

밑의 세계를 처음 급습했던 라이칸처럼 날개를 가진 개체도 있었다.

이번에 나타난 날개 달린 라이칸의 날개도 변했다.

본래에는 원소의 색을 따른 단색이었지만, 지금 라이칸이 가진 날개의 색은 빨강, 회색, 검정이 섞였다.

이것이 뜻하는 것은 단 하나.

라이칸도 단일 원소만이 아니라 원소 전부를 동시에 다룰 수 있다는 뜻이다.

사일러드의 몬스터들이 등장함에 따라 나와 가렌트는 서로 등을 맞댄 채로 검술 자세를 잡았다.

"가렌트, 기억하지? 내가 세운 작전."

사일러드에겐 들리지 않도록, 작은 목소리로 물었다.

"당연하지. 난 사일러드와 직접 상대하지 않는다. 오직 저 몬스터들만 밑의 세계로 보낸다. 이거잖아."

"그런데…… 가능하겠어? 라이칸도 세 가지 원소를 가지고 있어. 게다가 저 라이칸은…… 비전력으로 만들어진 데다가 수가 너무 많은데?"

450년 전의 보름달 전투와 비교하면 지금의 라이칸은 몇 단계의 진화를 거친 최종 진화 형태다.

원소 마법의 마지막이 보주화라고 한다면.

저 라이칸은 소환 마법의 최대 진화 형태라고 볼 수 있었다.

하지만 가렌트는 주눅이 든 목소리 대신 코웃음을 치며 답했다.

"나 참. 어차피 마법으로 싸우는 거 아니잖아? 난 네가 준 마검을 통한 마법을 섞은 검술로 싸우는 거지."

"아무리 그래도 넌 원소사로 치면 바람 원소사, 단일 원소사야. 그런데 저 라이칸들은 트리플 캐스터라고 볼 수 있어. 게다가 비전력으로 만들어진 몸들이라고."

"아, 난 그런 복잡한 거 모르겠고. 검술은 내가 우위에 있으니까 상관없는 거 아냐? 문제 있어?"

그 말을 듣는 순간 나는 무언가를 깨닫고 잠시 말을 멈췄다.

가렌트가 저렇게 자신만만한 목소리를 내는 이유.

그건 내게 특별할 것도, 새로울 것도 없었다.

내가 검사들의 훈련을 처음 따라 했을 때, 검사들이 늘 내게 강조했던 것.

"옆에 있는 사람을 믿어라."

가렌트의 답엔 그 정신이 고스란히 담겨져 있었으니까.

"아니, 없지."

솔직히 걱정 요소들이 가득했지만, 난 외면하며 답했다.

내 답 역시도.

가렌트 네가 끝까지 무사할 거란 믿음이 담긴 답이니까.

"좋아. 바로 시작하지, 내 뒤나 확실하게 책임지라고!"

가렌트는 그 말을 끝으로, 먼저 사일러드의 몬스터들을 향해 돌진했다.

그와 동시에 난 몬스터들의 힘을 억제하기 위해 플레우드 보주화를 띄웠다.

당연히, 사일러드도 비전력을 사용했을 게 뻔하니 나도 똑같이 비전력으로 보주화를 만들어 대응한 것이다.

"잔챙이들은 다 나한테 와라!"

가렌트는 일부러 큰 소리로 그런 말을 내지르며 어느덧, 몬스터들 바로 앞까지 당도했다.

가렌트가 다가오자 라이칸은 거대한 발톱으로 그를 내리찍었지만…….

카앙-!

가렌트는 거뜬하게 막으며 여유로운 표정을 지었다.

"느려, 느려. 에이머보다 몇백 배는 느리다고."

마치 검술 입문자를 대하는 것 같은 여유로움.

450년 전엔 그의 조부, 친부와 함께 사일러드와 싸웠는데.

450년이 지나 당시 대검사였던 오리안트 아란의 손자 가렌트와 함께 싸우게 된 이 상황.

'가렌트 가문의 핏줄은 나와 인연이 깊다는 뜻인가.'

순간 그런 생각도 들었다.

그리고 동시에 가렌트의 주위엔 마치 그의 조부, 친부의 영혼이 함께 있는 것 같은 환상도 보였다.

'그래, 이렇게 믿을게. 가렌트.'

난 이제 가렌트에게서 시선을 떼고 사일러드가 있는 쪽으로 돌렸다.

가렌트에게 시선을 뗐다고 해도 어차피 내가 만든 마검을 쥐고 있기에, 그와 시선을 공유할 수 있다.

난 내 눈으로는 사일러드가 있는 쪽을 보면서도 머릿속의 시야는 가렌트 주위를 보는 중이다.

따라서 위급 상황이 있을 때, 몸이 서로 떨어져 있어도 도울 방법은 얼마든지 있었다.

'자, 그럼 난 내 적에게 시선을 고정한다.'

사일러드는 어느덧 라이칸 무리에 파묻혀 그의 모습이 보이지 않았다.

'그때와 똑같네, 사일러드. 몬스터를 이용해 힘을 빼게 한 다음 넌 마지막에 나오려고?'

450년 전 보름달 전투에서.

우리 측은 본체인 사일러드를 공략하려고 했지만, 수가 계속 불어나는 라이칸 때문에 뜻대로 되지 않았다.

사일러드 앞에 겨우 도달했던 게 꼬박 3일이 걸렸던 보름달 전투.

과연 450년이 지난 지금도, 사일러드의 앞까지 도달하는데 그만큼의 시간이 걸릴까?

이번 전투도 꼬박 3일을 싸워야 겨우 승리로 끝낼 수 있을 것인가?

이제 이것이 내 개인의 과제다.

"숨어 있지 말고 나와, 사일러드."

난 라이칸 무리에 파묻힌 사일러드를 향해 당당하고도 천천히 걸어갔다.

그리고 제 주인인 사일러드를 지키기 위해 하늘에 떠올라 있던 라이칸이 친히 지상으로 내려와, 나를 공격하려던 그 순간.

최근에 만든 마법을 구현했다.

"마그레스트릭트(Magrestrict)."

정확히 라이칸의 발톱이 내 눈동자와 약 5mm 앞까지 다가왔을 때.

라이칸의 행동이 경직되듯 멈췄다.

그리고 발톱을 부들부들 떠는 라이칸.

라이칸은 그대로 몸체가 내 몸 뒤로 날아가 버렸다.

마그레스트릭트는 플레우드를 이용한 마법.

이미 구현된 플레우드 마법에다가 자력(磁力)을 부여하는 것.

효과는 플레우드를 제외한 모든 원소를 끌어당기는 것이다.

자석의 원리를 마법에다가 대입한 실험적인 마법이다.

즉, 플레우드가 S극이라면.

나머지 단일 원소가 N극으로, 서로 다른 극이 만나 저절로 끌려가진다.

내가 자력을 부여한 플레우드 마법은 바로 가렌트의 손에 있는 내가 만든 마검이다.

나를 공격하려던 라이칸을 포함하여, 내 시선 앞에 있는 라이칸 전부가 서서히 가렌트를 향해 끌려가기 시작했다.

동시에 난 가렌트 주위에 무수히 많은 포털을 생성했다.

밑의 세계로 통하는 포털이다.

'가렌트, 그 안으로 넣으면 된다.'

링킹을 통해 가렌트에게 말했다.

'오, 이거 좋네!'

이 마법을 개발하게 된 계기도 간단했다.

내가 처음 사일러드와 싸울 계획을 세울 때.

이곳 본교로 오는 사람은 나와 가렌트, 이렇게 둘로 정해 놨었다.

애당초 마검사가 아닌 누군가를 데리고 올 생각 자체가 없었다.

이유도 역시 단순하다.

너무 위험하니까.

내가 사일러드와 처음 전면전을 벌였던 450년 전의 보름달 전투.

그땐 내가 주도한 싸움이 아닌, 나의 스승님.

알라이즈 페트라 님이 계셨다.

게다가 마법사만 있었나?

대검사를 포함하여 여덟 명의 정예 검사들까지 참전한 전투.

하지만 결국 3일 뒤, 결과는 승리라고 볼 수 있었지만 살아남은 사람은 단 한 명.

나밖에 없었다.

그래서 난 사실 표면적으로만 승리한 전투라고 여겼다.

정작 사일러드를 완벽히 소멸시키지도 못했고, 고작해야 봉인하는 게 전부였으며, 그를 봉인한 뒤에도 대마법사는 꼭 대기에서 잠도 제대로 못 자며 봉인석을 지켜야 했으니까.

왜 검사와 마법사가 총 열 명이나 달려들었는데도, 사일러드란 더블 캐스터 하나를 제압하지 못했을까?

난 대마법사가 된 이후 계속 그것만을 생각했다.

그리고 결론을 내렸다.

사일러드가 지치지도 않고 계속 소환해 댔던 라이칸이 가장 큰 원인이었다고.

사일러드의 라이칸은 어차피 소모품.

즉 라이칸에겐 사실상 체력이란 게 없으며, 소환한 라이칸이 지쳤다고 판단되면 사일러드가 해당 개체를 없애 버리고 새로 소환하면 그만이었다.

어차피 라이칸도 마법으로 만들어진 생명체니까.

그러나 그런 라이칸과 싸우는 검사는 체력도 인원도 한정된 사람이니 한없이 불리할 수밖에 없었던 것이다.

그리고 450년이 지난 지금.

사일러드와 싸울 계획을 세우면서 나는 그에 대한 대책만을 중점적으로 생각했다.

'가장 걸림돌인 건 사일러드가 소환하는 라이칸들이다. 사일러드는 이제 원소 세 개와 비전력까지 다루는 마법사. 그런 마법사와의 정면 대결을 하는 과정에서 몬스터들에게 많은 시간을 소모하면 안 돼.'

가렌트와 함께 본교로 가면.

가렌트는 혼자서 사일러드의 몬스터를 전담하게 된다.

과거엔 8명의 검사가 전부 달려들어서 3일이나 걸렸던 그 어려운 일을, 가렌트가 혼자서 과연 잘할 수가 있을까?

마검사라고 마냥 안심할 수 없었다.

그가 다룰 수 있는 것은 바람 원소.

그러나 사일러드에게도 이미 있는 원소이며 사일러드는 심지어 비전력까지 사용할 수 있기에, 가렌트의 바람 원소는 아예 없는 것이라고 생각해야 할 수도 있다.

단순 마나로 구현한 가렌트의 바람 원소는 사일러드의 비전력에 쉽게 먹힐 수 있으니까.

'가렌트는 혼자서 포털 속으로 몬스터들을 밀어 넣어야 한다. 사일러드는 분명 과거보다 훨씬 많고 강한 몬스터를 소환할 게 뻔한데.'

그런 가렌트의 짐을 조금이라도 덜어 줄 수 있는 방법이 뭐가 있을까?

난 가렌트보다 검술이 뛰어나지 않으니, 마법으로 어떻게든 짐을 덜어 주어야 했다.

그렇게 고심한 끝에 나온 마법이 바로 마그레스트릭트다.

이것을 생각할 수 있었던 건 드레드의 마법을 보고 나서다.

자신만의 투기장을 만들어, 검술이 약한 상대를 제압하는 그의 방식.

거기에서 착안한 거다.

'가렌트의 주위로 몬스터들을 의도적으로 몰고. 가렌트가 그런 몬스터를 전부 안전하게 밑의 세계로 보낸다면?'

그런 이론을 펼쳤고, 완성한 나의 마그레스트릭트는 실전에서 처음 사용해 보는 것인데도 기대한 것보다 훨씬 뛰어난 효과를 가졌다.

순식간에 내 시선에 있는 모든 몬스터는 가렌트 쪽으로 빨려 들어갔고, 가렌트가 벌써 백 마리에 가까운 라이칸을 밑의 세계로 보내는 데 성공했으니까.

그리고 이제 내 시선 앞에 덩그러니 남아 있는 것은.

라이칸 무리에 몸을 숨겼던 사일러드뿐이었다.

그의 몸을 가려 주었던 라이칸이 사라지자, 오직 그 홀로 나와 대면하게 된 것이다.

"내가 말했지? 결과는 과거와 달라질 게 없을 거라고."

"……아르키스 에이머."

그는 어금니를 꽉 물었다.

그러면서 눈동자는 좌우로 굴리는 게, 몸이 압축되도록 꽉 차 있던 라이칸 무리가 한순간에 없어진 것이 허탈하게 느껴진 모양이다.

"이제 그만 좀 끝내자고."

난 검술 자세를 단단히 잡았다.

사일러드는 한층 더 어금니를 꽉 깨물었다.

'확실하다.'

분명하게 조급해하는 눈빛을 난 읽었다.

그 조급함은 난처함에서 파생된 감정.

난처함이란, 마검을 파훼할 수 있는 방법이 없기에 그런 것이니까.

'생각 외로 시시하게 끝날 수도 있겠군.'

그 거대하게만 여겨졌던 사일러드가, 이상하게도 지금 이 순간엔 너무나 초라한 견습 마법생 정도로 보였다.

난 사일러드에게 약진했다.

그러자 사일러드의 손에서 검은 마법이 일렁였다.

'……음?'

* * *

"열렸다!"

한편, 밑의 세계에서 대기하던 조각사와 친위대.

그들을 이끄는 델세르와 드레드는 하늘을 계속 관찰하던 중이었다.

그러던 중에 델세르가 소리쳤다.

그녀의 외침에 대기하던 조각사와 친위대는 일제히 하늘을 올려다봤다.

"……세상에 뭐가 이렇게 많아? 아르키스 님은 분명히 순차적으로 늘릴 거라고 하지 않았나?"

드레드의 말대로, 하늘에는 포털이 수십 개가 열려 버렸다.

그리고 그 속에서 쏟아져 나오는 사일러드의 몬스터들.

드레드가 약속된 상황과 달리 전개되는 현실에 잠시 벙 찌던 그때, 델세르가 정색하며 소리쳤다.

"정신 차려! 위의 상황이 여의치 않은 거겠지! 어차피 다 처리해야 하잖아! 수가 적든, 많든 무슨 상관인데! 우리 쪽 숫자도 많은데!"

드레드에게 경각심을 일깨워 주기 위해서 사용하지 않던

반말로 소리친 델세르.

효과는 좋았다.

드레드는 정신이 번쩍 들었고 반사적으로 마검을 끝냈다.

"그래요, 어차피 마지막이니까!"

대지 원소로 만든 그의 마검.

그가 마검을 땅에 꽂자.

쿠구구구궁─!

그가 주력으로 사용하는 투기장 마법이 구현되었다.

하늘에서 쏟아지는 몬스터들을 가두기 위한 투기장의 장벽은 하늘에 닿을 만큼 높았으며, 몬스터들이 도망칠 곳 따위는 없었다.

포털에서 나온 몬스터들은 그대로 지상에 안착해, 드레드의 투기장에 완벽하게 갇혔다.

"자, 시작합시다! 선배님들!"

그와 동시에 일사불란하게 검사들을 이끄는 드레드.

검사들은 주저 없이 곧장 투기장 안에 가둔 라이칸들을 향해 돌진하기 시작했다.

델세르는 그런 검사들의 발걸음에 맞춰 그들을 보좌했다.

검사들이 든 검 표면에 각자의 마법을 발라, 라이칸의 가죽을 더욱 쉽게 끊을 수 있도록.

그리고 검사들의 몸에도 무장 마법을 구현해 주어 라이칸의 공격을 받아도 치명상을 입지 않도록 하는, 검사와 마법사 들의 연합 전투가 밑의 세계에서도 시작되었다.

전투를 시작한 지 3분도 채 되지 않았을 때.

"끄악!"

검사 중 한 명이 라이칸의 공격을 받고 그대로 몸이 날아가, 장벽에 부딪히기 직전이었다.

'이런……!'

소리를 듣고 반응한 드레드는 그 순간 검사가 날아가 부딪칠 장벽의 위치를 예상하고, 해당 부분을 푹신하게 만들었다.

그 덕분에 부드럽게 변한 장벽이 스펀지처럼 충격을 모두 흡수해 주어, 몸이 날아간 검사는 딱딱한 장벽에 부딪쳐 2차 피해를 입지 않았다.

'……잠깐 한눈팔면 정말 큰일 나겠어.'

그 순간 드레드는 생각했다.

마검사라는 거.

겉으로 봤을 때는 대단한 재능이라고 생각했었지만, 이렇게 실전에서 사용해 보니 '과연 이게 정말 대단한 재능이 맞는 걸까?' 하는 생각이 먼저 들었다.

이유인즉슨, 마검사는 신경 쓸 것이 너무도 많다는 점.

전투 방식은 검사와 똑같이 검을 들고, 물리적인 타격을 입히는 방식인데.

도리어 시선이나 정신은 주변 사람들을 보호하기 위해 마법을 따로 사용해야 하니, 당장 눈앞에 있는 라이칸에게도 집중하기 어려웠다.

라이칸에게 집중하면 방금 같은 상황에 처한 검사를 도와줄 수 없을 것이고, 그렇다고 주변 검사들만 신경 쓰면 도리어 자신이 라이칸에게 당한다.

'정말 찰나의 순간도 여유가 없다. 몸이 경직되는 한이 있어도 집중을 끊으면 안 된다.'

드레드는 이제 어금니를 꽉 물었다.

한 가지의 재능이 새로이 생겼는데 오히려 신경 써야 할 것은 배 이상으로 늘었으니, 과연 재능이라고 할 수 있는 걸까 싶은 마음이었다.

그래도 이를 꽉 문 것은 절대 정신이 잠깐이라도 끊기지 않겠다는 그의 다짐의 행동이다.

이런 제약은 얼마든지 감내하겠다는 굳은 의지다.

"선배님! 괜찮습니까?"

드레드는 라이칸들을 처리하면서, 방금 부상당한 그 검사를 향해 달려갔다.

"쿨럭……! 커헉……!"

갑옷이 찌그러져 버린 검사.

그로 인해 가슴을 짓누르면서 피를 옅게 토했다.

'이상한데…… 그간 이 정도로 부상당한 사람은 많이 없었는데? 라이칸이 더 강해진 건가?'

검사들도 이런 전투가 처음이 아니다.

이미 숱하게 겪어 왔던 라이칸과의 전투.

나중에는 완전히 내성이 생겨서 전투라고 생각되지도 않을 정도로 가볍게 다가오기도 했다.

친위대원 중 하나가 희생되는 사건이 발생했는데, 그때는 분명히 라이칸이 아닌 학생 모습을 한 신물이었다.

그런데 라이칸의 공격을 한 번 받은 것 가지고 이런 부상을 당했다니.

드레드는 이해할 수 없었다.

'정말로 라이칸이 더 강해진 거야……? 아니면……?'

시선은 저도 모르게 뒤쪽으로 향했다.

마법사들이 모여 있는 곳이다.

드레드는 더는 생각하지 않았다.

차마, 아군인 마법사를 의심할 수 없었기 때문이다.

그는 '마법사들이 약해진 건가?'라는 생각을 그저 속으로 애써 삼켰다.

"후우…….'

마법사들의 상황도 결코 좋진 않았다.

전투를 시작하자마자 여기저기에서 끙끙거리는 소리가 새

어 나오기 시작했다.

마법을 구현하는 게 부담스럽다는 신호인 셈이다.

게다가 그런 신음을 흘리는 마법사들은 전부 2기 조각사.

델세르는 그런 마법사를 보며 생각했다.

'위의 세계를 만들 때 마력을 그 정도로 사용한 거야……? 아직 채 회복이 되지도 않았을 정도로……?'

벌써 며칠이나 지났기에 충분히 회복되었을 거라고 생각했지만, 막상 실전에서 마법을 구현하니 모든 것이 부담스럽게 다가오는 중이었다.

이는 단순히 2기 조각사에게만 해당되는 문제가 아닌, 기존 1기 조각사들도 마찬가지였다.

심지어 마법사들을 이끄는 임시 지휘자 델세르도 곤욕스럽기는 마찬가지였다.

검사들을 보호하기 위한 간단한 마법을 구현하는데도 이마에 땀방울이 벌써 풍년을 맞은 과일처럼 수북하게 맺혔다.

'……아니야. 단순히 회복이 안 된 게 아니야, 이거.'

델세르는 답을 금방 찾을 수 있었다.

'고작 아르키스 님만 빠졌을 뿐인데…… 이렇게 차이가 난다고……?'

델세르도 방금 부상을 입은 검사의 모습을 똑똑히 봤다.

분명히 라이칸의 공격은 특별한 마법이나 공격 방법이 아닌 라이칸 특유의 그 무식한 발톱 공격, 그것이 전부였다.

검사는 반격하기 위해 일부러 라이칸의 공격을 갑옷으로 받았다.

어차피 갑옷엔 마법사의 무장 마법이 입혀져 있으니, 큰 충격이 되지 않을 거란 계산에서 나온 행동이다.

실제로 여태 검사들은 그런 방식으로 싸워 오기도 했으니까.

그런데 그 순간 검사는 라이칸 공격 한 방에 저 멀리 날아간 것이다.

이것이 아르키스 에이머가 있고 없고의 차이.

평소 검사들과 전투를 함께했을 때 에이머도 함께였는데, 에이머는 늘 보주화를 띄워 놓거나 링킹을 연결해 마법사들의 마법을 증강시켜 주었다.

그런데 지금 그런 에이머가 없다는 이유 하나만으로 델세르 자신을 포함한 모든 마법사의 마력이 급격하게 약해진 것이다.

'그래서…… 여기를 제게 맡기신 거였습니까? 아르키스 님의 빈자리를 메꿀 수 있는 사람이 저밖에 없어서요……?'

델세르가 그 말의 의미를 뼈저리게 느낀 순간이다.

'그래요, 어차피 마지막이니까 모든 걸 불살라야죠. 아르키스 님이 절 믿고 맡기신 거니까.'

델세르는 힘을 아끼면 안 된다고 판단하고 곧장 플레우드 보주화를 띄웠다.

띄우자마자 델세르의 한쪽 눈이 찌릿하며, 저절로 감겼다.

새로운 형태의 소환 마법

'아르키스 님의 링킹이 있고 없고의 차이는 신경 쓰지 않는다······ 내가 할 수 있는 것만 생각한다.'

전투가 어느 정도 진행된 것도 아니다.

이제 막 시작했을 뿐인데도 너무나도 커다랗게 다가오는 에이머의 빈자리.

하지만 델세르는 최대한 그것을 기억에서 지웠다.

에이머의 빈자리를 느끼고 있으면 도대체 뭐가 달라지나?

어차피 그는 이곳에 올 수 없는 상태이며, 어떻게든 이곳에 있는 사람들이 알아서 해결해 나가야 하는 상황에 놓였으니까.

델세르의 보주화가 떠오르면서 포털에서 지속적으로 뱉어

지는 라이칸의 위력이 확실히 조금은 감소한 게 느껴졌다.

'그래도 부족해. 원소 마법을 완벽히 봉인할 수 있는 상태가 아니잖아.'

사일러드가 만든 라이칸도 전부 비전력으로 만들어진 생명체.

게다가 세 개의 원소까지 가지고 있는 라이칸이기에 플레우드가 가장 힘을 발휘해야 할 때다.

델세르는 자신이 띄운 보주화에서 수많은 줄기를 뽑아냈다.

줄기는 라이칸과 정면으로 맞서는 검사들에게 뻗쳐져 연결되었다.

"……링킹?"

그 광경을 보고 있던 바이스가 놀라며 물었다.

"아니요. 저 링킹 못 쓰잖아요."

"그럼, 뭐야……? 생긴 건 링킹이랑 똑 닮았는데?"

"링킹이랑 비슷한 거요. 아직 따로 마법 이름도 붙이지 않았을 정도로 혼자 생각만 하던 마법이에요. 실전에서 사용해 보는 건 이번이 처음이고."

"무슨 효과가 있는데?"

"플레우드는 모든 원소의 시초이자 결합체잖아요. 저 상태로 단일 원소와 접촉하게 되면 해당 단일 원소의 힘이 더 강력해지는 형태로 시너지를 내는 마법이요."

"……이런 건 언제 생각한 거야?"

"링킹은 저도 예전부터 알았으니까요. 따라 하려다가 만들어진 변종이라고 치죠."

아직 이름도 제대로 붙이지 못했을 정도의 실험적인 마법.

델세르의 말대로, 델세르는 링킹을 상당히 빨리 알았다.

바이스나 알프릭, 트레샤를 제외하면 현존하는 마법사 중 가장 빨리 링킹이란 마법을 알았다고 해도 과언이 아니다.

그도 그럴 것이, 델세르는 바뀐 시대에서 에이머의 정체를 가장 먼저 알았던 마법사니까.

링킹이란 마법을 알게 된 뒤로 델세르는 늘 생각했었다.

분명히 플레우드 마법이라고 했으니까 자신도 언젠가 사용할 수 있는 마법일 것이다.

그때가 언제가 될까?

얼마나 자신이 더 강해져야 사용할 수 있게 되는 걸까?

그렇게 시간은 무던히 흘러, 델세르가 공식적으로 에이머의 제자가 되고.

에이머에게 유나이트란 과제를 받게 되면서 델세르는 한 가지 호기심이 생겼다.

모방이 창조의 어머니란 말이 있듯이, 따라 하다 보면 뭔가 새로운 것이 떠오르지 않을까?

그 생각 하나만 가지고 링킹을 남몰래 따라 해 보곤 했었다.

당연히 에이머로부터 정식으로 구현 방법이나 원리에 대해 설명을 들어 본 적이 없으니, 오직 감각에만 의존해 어설프게 따라 했던 것이다.

그렇게 유나이트도 익히고, 최근엔 보주화까지 익혔을 때.

델세르는 비로소 자신이 어설프게 따라 했던 링킹에 어떤 효과가 있는지 발견한 것이다.

그래서 검사들에게만 연결한 이유도 간단하다.

검사들은 현재 마법사의 단일 원소를 받아 라이칸과 싸우는 중이다.

그래서 검사들에게 적용되는 단일 원소의 힘을 강화시키려는 의도였으며, 현재 이 상황에서 가장 효율적인 마법이라고 판단했다.

'내가 모든 걸 눈으로 보고 상황에 맞게 도와줄 수 없어. 난 아쉽게도 그 정도 역량이 있는 마법사는 아니니까.'

자신의 위치를 수긍하고, 부족한 이 상태에서 최대의 효율을 내는 것.

오직 델세르의 머리엔 그것밖에 없었기에 이런 발상이 다 나온 것이다.

'이대로 버틴다.'

하지만 보주화를 구현하면서 한쪽 눈이 찌릿하며 저절로 감겼던 델세르.

보주화 속에 다른 마법까지 더하자, 머리는 지끈거리고 눈은 잠에서 덜 깬 것처럼 뿌연 시야만 가득했다.

'이거 끝나면 쉬고 싶을 때 쉴 수 있다. 지금은 무조건 버틴다…….'

상태가 좋지 않다 보니, 델세르는 말이 사라졌다.

그리고 점점 허리가 숙여졌다.

몸이 그 정도로 힘들어서, 자신도 모르게 숙여지는 것이었다.

"괜찮니, 델세르?"

"……버틸 수 있어요."

'……안 괜찮지만, 쓰러지지 않겠다는 거구나. 제 자식은 부모가 제일 모르는 법이라더니. 언제 이렇게 큰 거니, 델세르?'

그저 그 말만 삼킬 뿐이었다.

가렌트는 에미머의 마검, 그리고 마검을 쥐지 않은 맨손으로 사일러드의 라이칸을 계속 포털로 밀어 넣는 중이다.

밀어 넣으면서도, 가렌트는 벨 수 있는 라이칸은 최대한 베면서 밑의 세계에 있는 검사들의 부담을 나름대로 줄여 나갔다.

'에이머의 이 자력 마법이 있어서 다행이긴 한데…….'

하지만 수가 많아도 너무 많았다.

아무리 많은 수를 포털로 밀어 넣거나 직접 소멸시켜도, 그만큼 혹은 조금 더 많은 수의 라이칸이 다시 자신에게 끌려오는 것을 보고 있자니.

밑 빠진 독을 물로 채우는 것과 다름이 없었다.

'이런 싸움을…… 했단 거지?'

450년 전의 보름달 전투는 도대체 어땠을까.

에이머의 링킹을 통해 정말 부분적으로만 목격한 가렌트.

450년이 지난 지금, 그 재현되는 현장에 직접 있는 가렌트는 슬슬 벅차다는 느낌이 들기 시작했다.

'약한 생각 말자. 내가 있어야 에이머가 뭐라도 할 수 있잖아.'

생각을 단단하게 잡으며, 다시 라이칸들을 상대하기 시작했을 때.

이젠 또 새로운 신물이 가렌트에게 끌려왔다.

'학생 모습의 신물…….'

심지어 전부 헤이의 모습을 한 신물이었고.

늘 그렇듯이 헤이가 개발했던 마법, 파이지컬을 구현한 상태다.

대검사인 가렌트에게 라이칸들이 너무 무기력하게 당하고 있으니 아마도 사일러드가 근접 전투에서 그나마 가장 뛰어난 헤이를 선택한 것으로 보였다.

이제 일사불란하게 달려드는 헤이.

이전 단계인 라이칸들은 가렌트에게서 벗어나려는 움직임을 주로 보였다.

가렌트와 최대한 멀리 떨어지려고 하거나 아니면 아예 도망치려는 라이칸도 더러 있었는데, 헤이의 모습을 한 신물은 그런 게 없었다.

오히려 저돌적으로 가렌트와 직접 몸으로 승부를 내겠다는 의지가 다분하게 보였다.

하지만 홀로 상대하기엔 역시나 많은 숫자.

어느덧 가렌트는 완전히 헤이의 모습을 한 신물에게 포위된 모양새가 되었다.

'이거…… 안 좋은데…….'

슬쩍 뒤를 쳐다봤다.

에이머가 있는 곳이다.

헤이의 모습을 한 신물들이 촘촘하게 들어서 있어서 에이머의 얼굴은 잘 보이지 않지만.

지금 에이머는 사일러드와 상당히 가까운 거리에서 대치 중이란 것만 확인할 수 있었다.

'저쪽도 상황이 그렇게 좋아 보이진 않네.'

가렌트는 애써 시선을 떼고, 다시 주위에 펼쳐진 적들을 신경 썼다.

그렇게 다수의 헤이가 동시에 가렌트에게 달려들었다.

가렌트는 마검으로 쳐 내려 했지만, 헤이 중 하나가 재빠르게 몸을 던져 가렌트를 와락 안았다.

'이러면 검을 휘두를 수가……!'

헤이 하나가 두 팔로 가렌트의 허리를 꽉 부여잡은 바람에 몸의 중심이 서서히 무너지려고 하던 때.

이젠 양쪽 다리에도 헤이들이 거머리처럼 들러붙었다.

'이런……!'

정말 찰나의 순간에 이루어진 일들이기에 대검사 가렌트조차도 반응하기가 힘들었다.

두 발까지 헤이가 몸으로 던져 꽉 안은 뒤.

이제 남은 부위는 가렌트의 두 팔.

두 팔도 역시 헤이가 몸을 던져서 꽉 안았다.

'무방비로 만든 뒤의 공격 방식은…… 뭐지?'

그 순간에도 가렌트는 이들의 다음 행동이 과연 무엇일지를 생각했다.

이미 예전에 에이머에게 들어서 안다.

사일러드는 신물을 이용하여 대상이 가진 힘을 흡수하는 능력이 있다고.

가렌트는 필사적으로 헤이들의 팔을 확인했다.

에이머가 보관소에서 갑자기 사라졌을 때, 헤이들의 팔 한쪽이 전부 늑대의 머리로 변했고, 그 머리로 고집스럽게 자신을 공격하려고 한 이력이 있으니까.

그때 당시에도 수가 너무 많아서 공격 한 번은 허용했지만, 에이머가 시기 좋게 나타나서 구해 주었다.

'이상한데……? 늑대의 머리는 없어.'

이렇게 자신이 무방비 상태가 되었는데 왜 가장 중요한 늑대의 머리는 없는 것일까.

이 상태라면 가렌트는 제대로 된 반격도 하지 못하고 공격을 허무하게 허용할 게 분명한데.

그것이 이상하다고 생각되던 그 순간이었다.

부글부글-!

가렌트의 몸에 달라붙은 헤이들의 몸이 갑자기 끓기 시작했다.

그리고 가렌트의 피부에 와닿은 상태.

헤이들의 체온이 급격하게 올라간 것을 느낄 수 있었다.

피부에 화상이 생길 것 같은 열기다.

'설마……?'

가렌트는 한 가지 소름 끼치는 생각이 들었다.

이 상태로 자신의 몸에 달라붙은 헤이들이 일제히 폭발해서 자신에게 치명상을 줄 생각인가?

치명상을 준 다음에 늑대의 머리로 공격할 계획을 그리고 있는 건가?

그 찰나의 순간에도 그것만이 떠올랐다.

다급해진 가렌트는 억지로 마검을 번쩍 들었다.

이미 몸에 달라붙은 헤이들이 그런 가렌트의 행동도 전부 봉인했지만, 가렌트는 근육이 정말 터질 정도로 힘을 줘서 겨우 마검을 들어 올릴 수 있었다.

'무조건 떼어 낸다!'

오직 그 생각만으로 한 행동.

"으아아아압!"

가렌트는 몸을 빙글 돌리며 검무를 추듯, 마검을 휘둘렀다.

휘이잉-!

그러면서 생성된 미풍이 이윽고 가렌트의 몸을 중심으로 한 줄기의 거대한 돌풍이 되던 그 순간.

퍼버버벙-!

몸이 부풀러 올랐던 헤이들이 일제히 터져 나갔다.

정말 다행인 것은, 가렌트에게 떨어진 직후에 터졌기에 가렌트는 큰 피해를 보지 않았다는 점이다.

'……마검이 아니었으면 진즉에 골로 갔겠어.'

가렌트는 바람 원소 단일 원소사.

그가 가진 마나의 바람으로는 비전력 바람 원소를 가지고 있는 헤이를 어찌할 수 있는 방법이 없다.

즉, 마법으로 제압하는 것은 불가능이란 뜻이며 오직 물리적인 힘으로만 제압해야 한다는 뜻이다.

그런데 마검을 이용한 바람 원소 구현은 그 위력이 다른 것이 확실했다.

비전력 바람 원소를 가진 헤이를 저렇게 간단하게 날려 버렸으니까.

아마 지금 들고 있는 게 에이머가 만들어 준 것이 아닌, 자신의 마나로 만든 마검이라면 가렌트는 지금 두 발로 서 있지도 못했을 거라고 생각했다.

'고맙다, 에이머. 덕분에 살았다!'

새로운 돌파구를 찾은 가렌트는 마검을 다시 쥐고, 헤이들에게 손가락을 까딱였다.

"다시 한꺼번에 덤벼 봐."

사일러드의 손에서 일렁이던 검은 마법.

그 검은 아지랑이가 사라진 뒤에, 드디어 그 마법의 정체가 나와 마주한 순간이다.

"……네가 그걸 구현해서 뭐 하려고?"

하지만 난 그의 마법을 확인하고 전혀 위기감이 느껴지지 않았다.

오히려 가소로웠다.

다룰 줄도 모르는 마법을 구현한 것과 똑같은 상황이었으니까.

사일러드는 어둠 원소를 베이스로 한 마검을 구현했다.

"검술도 모르는 네가 마검을 만든다고 뭐가 달라지나?"

"이것만 있는 게 아니지."

사일러드는 또 다른 마법을 구현했다.

이번엔 그의 등 뒤에 세 개의 소환체가 나타났다.

'뭐야, 저거……?'

겉으로 보기에도 예사롭지 않은 소환 마법인 것은 확실했다.

그리고 내가 살면서 처음 보는 소환 마법이기도 했다.

사일러드가 느닷없이 마검을 꺼낸 것은 크게 신경 쓰이지 않았다.

무슨 생각으로 알지도 못하는 검술인 마검을 꺼낸 것인지 쉽게 짐작할 수 있었으니까.

내가 스승님을 만나러 보관소에 갔을 때 일어난 일 때문이 분명하다.

스승님에게 칼리토 책을 받고 잠시 대화를 나누던 그사이에, 스승님은 바깥 상황이 좋지 않으니 어서 나가라는 말과 함께 초상화 밖의 상황을 보여 주었다.

그때 나는 늑대의 머리를 한 학생 모습의 신물이 가렌트를 무는 것을 보았다.

그것은 사일러드가 남의 힘을 흡수하기 위한 행위로, 기존에도 그 덕분에 더블 캐스터가 되었었다.

당연히 신물로 가렌트를 물면서, 가렌트가 가진 힘 일부를 흡수했을 것이다.

그래서 지금 마검을 꺼낼 수 있었던 것이다.

하지만 그건 그리 중요치 않았다.

가렌트를 문 시간이 상당히 짧아 가렌트의 힘을 충분히 흡수하진 못했을 테니까.

그럼에도 마검을 꺼낸 것을 보면 현재로서는 같은 마검으로 상대하는 방법밖에 없다고 판단한 모양이다.

따라서 나는 마검은 그다지 위협이 되지 않는다고 생각했다.

오히려 난 사일러드 뒤에 있는, 처음 보는 형태의 소환 마법을 상당히 경계했다.

'생긴 건 둠 리포졸과 상당히 비슷한데.'

그러나 결정적으로 다리가 없다.

몸통과 머리, 뭉툭한 두 팔만 가진 의문의 소환 마법.

그 상태로 공중에 두둥실 떠다니는, 알 수 없는 소환체였다.

"이 소환 마법은 내가 이미 전에 익혔지만, 굳이 너에게 보여 주지 않았지. 그래, 인정한다. 아르키스 에이머. 네놈은 확실히 똑똑하다는 것을. 네 스승보다는 나은 놈인 건 확실해."

내가 경계의 눈초리를 거두지 않은 채로 사일러드 뒤에 생긴 소환체를 살피고 있자, 그는 기를 조금 편 목소리였다.

'희대의 천재는 결코 정체되지 않는다……고 말해야 하는 걸까.'

나도 나만의 무기를 갈고닦을 때, 사일러드도 똑같이 그만의 비장의 무기를 갈고닦았다는 뜻이다.

그리고 사일러드가 말한, 이미 전에 익혔는데도 내게 보여 주지 않았다는 말의 뜻도 어렴풋이 예측할 수 있었다.

'이미 내가 스승님을 만나러 보관소에 갔을 때 저 마법을 터득했지만 일부러 사용하지 않았다는 뜻이겠군.'

오늘을 제외하고 최근에 사일러드와 마주쳤던 날이 그때밖에 없으니까.

"일부러 보여 주지 않았다?"

"섣불리 꺼내면 네가 타개법을 찾을 것 같았거든. 난 여기에 고립된 상태니까. 시간은 네 편이었잖아?"

"……고맙다고 답해야 하나."

사일러드도 나를 강적이라고 여기고, 자신의 무기를 꽁꽁 숨겼다는 뜻이니, 고맙다는 생각이 절로 들었다.

시대를 풍미했던 희대의 천재 마법사가 날 인정한 것과 똑같은 상황이니까.

"그리고 내가 이 마법을 터득하면서, 내 확신이 절대 틀리지 않았다는 것도 깨달았지."

"무슨 말인지 잘 모르겠군, 고작 마법 하나를 새로 깨쳤다고 확신까지 견고해진다는 게."

"허허."

사일러드는 내 답을 듣고는 가소롭다는 듯이 비웃었다.

"머리가 꽤 좋은 놈이라고 생각했는데, 그건 오판이었나? 아니면 과대평가인가? 원소사의 우두머리라 불리는 플레우드이자 대마법사인 네가 이걸 보고도 뭔가 이상함이 느껴지지 않았나?"

"……."

무엇이 사일러드를 저리 자신만만하게 만든 걸까.

딱 내 생각이 거기까지 닿았을 때다.

'잠깐…… 그러고 보니.'

확실히 사일러드의 뒤에 생성된 의문의 소환 마법은 기존 소환 마법과는 달랐다.

소환 마법이란, 신물이라 불리는 생명체를 소환하여 다루는 마법.

신물은 대부분이 동물 모습이다.

비전력을 사용할 수 있는 사일러드만이 헤이, 키에나, 그리고 아르텔.

사람이라는 새로운 생명체를 창조해 냈을 뿐이다.

즉, 비전력을 사용할 수 없는 소환사라면 신물만 소환할 수 있다는 한계점은 사라지지 않고 존재한다는 뜻이다.

그런데 사일러드가 소환한 저 의문의 소환 마법.

생명체라고 정의해야 할지, 아니면 둠 리포졸과 똑같은 피조물에 지나지 않은 것인지.

확실히 구분할 수 있는 방법이 없었다.

게다가 세 개의 소환 마법은 각각의 색깔을 지녔다.

검정, 빨강, 회색.

'……이상한데. 분명히 소환 마법인데 왜 원소 고유의 색을?'

사일러드가 가진 원소의 색과 전부 일치했다.

수상한 점은 거기에서 끝이 아니다.

사일러드가 저 소환 마법을 꺼내면서, 그가 가진 세 개의 원소를 전부 통합해서 구현한 보주화도 자연스레 사라졌다..

'어째서……?'

"이제야 조금 눈치챈 것 같네."

사일러드는 내 눈빛을 읽고 먼저 선수 쳤다.

"그래, 이 소환 마법을 사용하면 일반 원소 마법을 사용할 수 없는 상태가 되더군."

상당히 중요한 약점일 텐데, 왜 자신의 입으로 직접 말하는 걸까.

원소 마법을 사용할 수 없는 공백을 채우고도 남을 무언가가 있다는 것은 확실했다.

"이렇게 말해 줘도 짚이는 게 없나? 너라면 금방 알아낼 거라고 생각했는데."

"……"

쉽게 짚이는 건 없었다.

계속 말로 나를 혼란시키고 있으니 대꾸하고 싶은 마음도 들지 않았지만, 그렇다고 섣불리 공격하는 것도 무리다.

지금 사일러드는 의문의 마법을 꺼냈기에, 어떤 효과를 가지고 있는 마법인지도 내겐 아무런 정보가 없는 상태.

전혀 예상도 못 한 역습이라도 당하면 이 전투는 그대로 끝이 난다는 것을 알고 있는 나의 신중한 선택이다.

"원소사들은 정말 한심하기 짝이 없군. 너희들이 정의해 놓고선 말이야."

도대체 무슨 정의를 말하고 싶은 걸까.

사일러드는 잠시 말을 아끼다가, 나지막이 뱉었다.

"너희 원소사가 분명히 정의했잖아, 절대 존재할 수 없는 마법이라고."

'존재할 수 없는 마법⋯⋯.'

마법사들에게 '존재할 수 없는'이란 칭호 비슷한 것이 붙은 마법은 전부 까다로운 조건이 있어야 한다.

비전력의 별명도 '존재하지 않는 자원'.

하지만 엄연히 이는 '존재할 수 없는'과는 의미가 상당히 다르다.

비전력은 말 그대로 사용자의 수가 역사적으로 너무 적었고, 비전력이란 자원에 대해서도 알려진 것이 아예 없을 정도였기에 그런 별명이 붙은 것.

비전력 사용자인 나조차도 비전력을 어떻게 터득하는 것인지 설명할 수 없을 정도니까.

그리고 비전력은 '자원'이지 '마법'이 아니다.

마법과 자원은 개념 자체가 다르기에 같은 것이라고 말할 수 없다.

따라서 지금 사일러드는 비전력을 말하는 게 아니다.

그렇다면 비전력이 아닌 다른 것인데.

마법 사회에서 비전력이 아닌 '존재할 수 없는 마법'이란 별명이 붙은 것이······.

아, 딱 하나가 있다.

그런데 정말······ 그게 가능한 걸까?

"······설마, 정령 마법······?"

"이렇게 알려 줘야 눈치채다니. 과대평가한 게 맞는 것 같군."

이론적으로 정령이란 것은 생명체인데 또 원소 마법을 다룬다.

그렇기에 원소 마법과 소환 마법 둘 다를 사용할 수 있는 더블 캐스터가 아니고서는 절대 구현할 수 없다고 아주 오래전에 정의가 내려진 마법.

실제로 그 조건에 부합했던 역사적인 인물이 바로 내 앞에 있는 사일러드.

그러나 사일러드도 끝내 정령 마법은 사용하지 못한 채로 봉인되었기에, 아예 존재할 수 없는 전설에서나 등장하는 마법이라고 치부된 마법이다.

그런데 450년이 지난 지금.

사일러드는 그 존재할 수 없는 마법을 건져서, 자신의 것으로 만들었다.

"넌 이거 하나만 믿고 설친 것 같은데."

사일러드는 자신의 마검을 들어 올리며 말했다.

네가 가진 무기는 어차피 이 마검 하나밖에 없지 않느냐.

그러나 난 너에게 없는 무기를 가지고 있다.

바로 소환과 원소 마법의 결합체, 정령 마법이라고.

이렇게 말하려는 의도였다.

"믿는 구석이라는 건 너한테만 존재하는 게 아니라고."

정말인지 끝까지 철두철미한 녀석이다.

기껏 새롭게 터득한 무기를 끝까지 숨긴 이유.

괜히 보여 줬다가 내가 타개법을 찾을 것을 고려했고, 그것을 원천적으로 차단하기 위해 한 행동이란 것은 적인데도 경이로울 정도다.

'그에 비하면 난 너무 성급하게 움직였군.'

보관소에서 마검을 들고 날뛰던 그때가 떠올랐다.

이럴 줄 알았으면 나도 최대한 내가 가진 무기를 숨겼어야 했는데…….

후회한들 이미 늦었다.

그리고 그 당시엔 내가 가진 마법적인 힘으로는 사일러드를 앞설 수 없다고 판단했기에 보험 개념으로 한 행동이.

지금에 와서는 서서히 독으로 변하는 중이었다.

그래도 참담함만 있는 것은 아니다.

분명하게 수확도 있다.

사일러드가 새롭게 선보인 것은 정령 마법.

원소와 소환 마법의 결합체.

이것을 달리 말하면.

정령도 결국엔 원소 마법을 사용한다는 뜻이 된다.

난 플레우드.

게다가 이 장소엔 비전력으로 만든 보주화까지 구현된 상태다.

아무리 새로운 형태의 소환 마법이라고 해도.

결국엔 원소라는 틀 안에 있으며.

그 틀에 있는 한.

플레우드를 넘어설 수 없다고 생각했다.

그런 자신감이 생기고 나니, 사일러드의 새로운 무기도 별로 위협적으로 다가오지 않았다.

난 마검을 단단히 잡고 자세를 더욱 견고하게 고쳤다.

눈빛은 자신감이 충만한 상태로.

단숨에 약진하여, 사일러드의 앞까지 도달할 수 있는 자세로 바꿨다.

그렇게 발에 힘을 주며 약진하려던 그때.

사일러드는 여전히 거만한 목소리로 넌지시 일러 주듯 말했다.

"너, 이 정령 마법이 결국엔 원소를 사용하니까, 플레우드인 너에게 별로 위협이 되지 않는다고 판단한 모양인데."

그 순간 내 발은 신경이 고장 난 것처럼, 덜컥였다.

"이상하지 않아? 네 논리대로라면 비전력의 보주화가 뜬 지금은 이 정령 마법 자체가 구현되지 않아야 하는데 구현됐잖아? 이게 뜻하는 게 뭘까? 내가 보기에는 제아무리 잘난 원소사의 왕, 플레우드라고 할지라도 정령 마법 앞에선 신하에 지나지 않다는 뜻인 것 같은데."

'……사일러드 말대로다. 원소 마법이 주력이라면 지금 상태에서 구현이 될 수 없어.'

난 그대로 몸이 굳었다.

"푸하하! 정령 마법이 이 정도일 거라곤 나도 생각 못 했는데, 역시…… 원소사들이 세운 정의는 전부 거짓이란 게 입증되는 순간이 아닌가?"

그리고 그가 이 마법을 터득하면서 자신의 확신이 절대 틀리지 않았다고 할 수 있었던 이유도.

정령 마법의 존재만으로 납득됐다.

'이러면 보주화는 그저 배경으로 전락해 버린 느낌인데.'

결정적으로, 저 정령 마법이 어떤 힘을 낼지 아예 예상도 가지 않으니 움직일 수 없다는 것이 가장 답답했다.

'정령 마법이 있으면…… 우리가 새롭게 만든 위의 세계에 사일러드를 가둬도 의미가 없는 건가?'

아무런 정보도 없는 마법과 마주하니, 온갖 걱정거리가 넘쳐 났다.

저 정령이 내는 힘은 무엇인가?

하지만 눈으로 계속 보고 있다고 알아낼 수 있는 건 없다.

나는 나 자신을 위로하듯, 결심했다.

'어차피 마법이야. 육체적으론 내가 사일러드보다 우위. 여차하면 마법은 버리고 검술로만 상대한다.'

어차피 부딪치기로 마음먹은 오늘.

그리고 부딪칠 수 있는 사람은 나밖에 없다.

최대한 신중과 긴장을 유지하며 싸운다.

튼튼해진 내 몸을 믿고 사일러드에게 달려든 그 순간이었다.

화르륵-!

휘이잉-!

불바람이 불었다.

사일러드가 만든 정령이 아닌, 내 마검에서.

그 순간, 나도 모르게 반사적으로 마검을 버리듯이 던졌다.

정령의 위력

‘분명히 내가 구현한 마법이 아니야.’

느닷없이 내 마검에서 피어오른 두 가지의 마법.

분명하게 불과 바람이 섞인 원소 마법이다.

불바람은 나를 덮치려 했고, 난 그것을 피하기 위해 마검을 던져 버린 것이다.

‘어떻게?’

하지만 내 마검은 플레우드 비전력으로 만든 마법 물체.

플레우드 앞에선 단일 원소는 힘을 잃는 것이 정답인데, 방금 겪은 상황은 그렇지 않았다.

“이거, 이거…….”

사일러드의 호기로운 목소리가 들려왔다.

"정령에게 그런 힘이 다 있을 줄이야. 나도 몰랐던 건데?"

내 마검에서 피어오른 마법은 내가 구현한 게 아니니, 정령이 구현한 마법이라고 볼 수 있다.

그런데 그게 어떻게 가능한지는 역시 알 수 없었다.

'왜 마검에서 나온 거지? 정령에게서 나온 게 아니라?'

정령 마법의 주인인 사일러드도 정령에 대해서 잘 모르는 건 분명하다.

주인인 사일러드조차 자신의 마법을 제대로 모르는데, 오늘 처음 보는 내가 어떻게 보자마자 파악할 수 있을까.

하지만 한 가지 확실하게 할 수 있는 건, 정령이 구현하는 원소 마법의 개념은 일반 원소사의 마법과는 완벽하게 다르다는 점이다.

그렇지 않고서는 비전력의 플레우드 보주화까지 떠 있는 지금, 정령이 마음껏 원소 마법을 구현할 수 있을 리가 없으니까.

"의기양양하게 달려들려고 할 땐 언제고. 갑자기 또 왜 주춤하지? 뭐가 잘 안 되나?"

사일러드의 호기로운 목소리는 계속됐다.

내게 지금 가장 시급한 비밀은.

어떻게 내 마검에서 정령의 원소가 나왔냐는 것이다.

사일러드 뒤에 있는 정령은 이제 시선을 옮겨, 내가 띄워놓은 보주화를 쳐다봤다.

그리고 뭉툭한 두 팔을 가슴 앞부분으로 모으더니 다시 기상천외한 일이 벌어졌다.

바로 나의 보주화에서 어둠, 바람, 불 이 세 개의 구체가 톡 떨어져 나온 것이다.

떨어져 나온 세 개의 구체는 일반 단일 원소사가 구현한 보주화로 변했다.

그 순간 난 확실히 느꼈다.

분명한 플레우드 보주화였는데 어둠, 바람, 불 속성이 빠져나갔다는 것을.

그러니 이제 더 이상 내가 띄워 놓은 플레우드 보주화는 완벽한 플레우드라고 할 수 없었다.

'설마 정령이 원소를 다루는 개념이…….'

플레우드는 모든 원소의 근간이자 결합체.

플레우드를 다룰 줄 안다면 존재하는 모든 원소를 다룰 수 있다.

이 말은 플레우드 하나가 있다면, 원하는 단일 원소로 바꿀 수도 있다는 뜻.

하지만 이것을 또 뒤집으면 단일 원소 여섯 개가 모여야 하나의 플레우드가 되는 것이다.

그런데 지금 내 보주화에선 세 개의 원소가 빠져나갔으니 플레우드라고 볼 수 없다.

대지, 빛, 물만 남은 난잡한 상태다.

그 증거로 내 보주화의 투명했던 색을 잃고 갈색, 하얀색, 파란색이 줄무늬 모양으로 섞였다.

'정령은…… 원소의 수호신 같은 개념인 것 같다.'

정령의 행동으로 대략 파악은 가능했다.

소환과 원소 마법의 결합체인 정령 마법.

소환사는 신물이란 것을 다룬다.

바로 이 신물이 '수호신'의 개념이다.

전설 속에나 전해져 내려오는, 현시대에서 존재하지 않는 동물을 마법으로 불러온 것.

그래서 소환사들에겐 창의력이란 게 원소사와 비교하자면 아예 없다고 보는 게 옳았다.

원소 마법처럼 자신이 원하는 효과로 변형시키거나 진화시키는 방법이 존재하지 않는다.

사일러드가 주로 다뤘던 신물인 라이칸의 경우만 보더라도 크기를 조금 더 크게 하거나, 발톱을 날카롭게 만드는 것.

그것이 전부다.

겉모습은 라이칸이지만, 실상 내부는 뱀처럼 관절과 가죽이 없는 상태로 만드는 게 불가능하다는 뜻이다.

하지만 원소 마법은 그게 가능하다.

이게 원소사와 소환사의 결정적인 차이다.

원소사들이 다루는 마법만 하더라도 겉모습은 일반 기본 구체로 보이지만, 실제 해당 마법이 품고 있는 위력은 보주화에 버금가는 마법을 구현할 수 있는 이유다.

사일러드가 소환한 정령은 바로 그런 원소의 성격과 수호신 개념인 소환 마법이 결합한 최종 형태라고 여겨졌다.

소환 마법처럼, 모습은 바꿀 수 없으나 원소 마법의 특징은 그 내부의 위력은 감출 수 있는 것.

그 위력이 내 눈앞에서 펼쳐지는 중이다.

세 마리의 정령은 내 보주화에서 자신들의 원소를 빼낸 뒤, 보주화까지 변환을 성공하자 시선을 옮겼다.

정령들이 보고 있는 것은 내가 아닌, 멀찍이 떨어진 가렌트였다.

그 순간 나는 다급하게 소리쳤다.

"가렌트! 마검 버려!"

하지만 가렌트의 답은 들려오지 않았다.

거리가 멀리 떨어진 것보다 이미 라이칸과 학생 모습을 한 신물들에 둘러싸인 탓에 내 목소리가 제대로 들리지 않은 것으로 보였다.

'정령은 원소의 수호신이라고 생각하자, 그러니 플레우드는 봉인된 상태야.'

원소의 수호신이란 개념은, 수호신의 허락 없이는 해당 원소를 사용할 수 없다고 생각하기 위함이다.

실제로 사일러드는 정령을 꺼내면 자신도 원소 마법을 사용할 수 없는 상태라고 하지 않았던가?

정령이 있으면 해당 정령이 가진 원소 마법은 주인조차도 사용할 수 없는 것인지, 아니면 사일러드의 숙련도가 아직 형편없는 수준이라서 자신까지도 적용받는 것인지는 잘 모른다.

하지만 아마 후자일 가능성이 높다.

신물을 다루는 소환사의 경우에도 소환사가 소환한 신물을 완벽하게 굴복시킬 정도의 기량을 갖고 있지 않으면, 신물은 말을 듣지 않고 폭주한다.

대표적으로 에드 분교 시절, 키에나가 라이칸을 처음 소환했을 때.

그 라이칸이 주인인 키에나의 말을 듣지 않고 나를 공격하려고 했던 것과 똑같은 현상이다.

'사일러드도 원소 마법을 사용할 수 없는 상태라면……! 승산은 있다.'

하지만 지금 그게 중요한 게 아니다.

이 사실을 가렌트는 아무것도 모른다.

내가 소리쳤는데도 제대로 듣질 못해, 아직도 마검을 쥔 상태였다.

"끄윽!"

가렌트의 신음이 들려왔다.

이미 내 마검에서 정령이 구현한 불바람이 구현되고, 가렌트를 괴롭히기 시작한 참이다.

내가 생각할 겨를도 없이 등을 돌려 가렌트에게 다가가려고 한 그 순간이었다.

내 시선 바로 옆에서 주먹이 날아오는 것이 보였고, 황급히 고개를 숙였다.

후웅-!

자세히 보니, 헤이의 모습을 한 신물이다.

'정령 때문에 플레우드에서 세 개의 원소가 빠져나가는 바람에…… 내 플레우드도 온전한 상태가 아니라서 이렇게 된 건가.'

가렌트가 들고 있던 마검에 구현해 뒀던 자력 마법인 마그레스트릭트도 무용지물로 돌아갔다는 뜻이다.

따라서 사일러드가 앞으로 소환하는 신물도 가렌트에게 자동으로 끌려가지 않고 전부 나에게 나타난다는 뜻.

정령 하나 때문에 상황이 너무 불리하게 흘러갔다.

나를 공격했던 헤이는 무시한 채로 곧장 가렌트에게 달려갔다.

이번엔 대지 원소를 이용하면서다.

'정령이 가진 원소 마법은 사용할 수 없다. 따라서 내가 사용할 수 있는 원소는 대지, 빛, 물. 이 세 개뿐.'

두 발로 달려간 게 아닌, 대지 원소의 이동 마법을 이용해서 나를 공격했던 헤이를 무시하고 가렌트에게 도착할 수 있었다.

"가렌트!"

"끄으윽……!"

가렌트의 몸은 이미 불바다에 휩싸였고, 가렌트는 어떻게든 떨쳐 내기 위해 몸부림을 쳤지만, 그럴수록 불바람은 더욱 강하게 타오를 뿐이었다.

난 도착하자마자 가렌트의 몸에 빙결 마법을 둘러, 다급하게 불바람을 잠재웠다.

하지만 역시, 그마저도 쉽지 않았다.

불바람 하나를 잠재우기 위해 필요한 시간은 1초도 채 되지 않을 정도로 짧은 시간만 있으면 가능한데.

가렌트의 몸에 붙은 불바람을 잠재우는 데에는 7초 이상의 시간이 걸렸다.

'정령도…… 비전력으로 만들어진 소환체다. 그렇지 않고서야 내 마법에 이렇게 강한 저항을 가질 수 없어.'

심지어 상성인 빙결 마법으로 방어한 건데도 이 정도 위력이다.

난 가렌트의 손등을 쳐서 마검을 떨어트리게 만들었다.

그리고 펼쳐 놨던 포털은 전부 닫고, 가렌트를 부축한 채잠시 대지 원소를 이용해 숨었다.

바로 땅속으로 몸을 잠시 숨긴 거다.

지금은 작전상 잠시 후퇴가 필요한 시점이다.

이대로 가면 둘 다 사일러드에게 먹히는 꼴이 된다.

어두컴컴한 땅속에 들어오고 나서, 가렌트의 상태를 살피기 위해 빛 원소로 조명을 만들었다.

"허억…… 허억……."

가렌트는 아주 잠깐 원소 마법에 공격당했는데도, 상태가 그다지 좋진 않았다.

부상의 수위를 따지자면 경상과 중상 그 사이.

그나마 다행인 건 몸도 못 가눌 정도는 아니란 뜻이다.

"가렌트! 괜찮아?"

"그것보다…… 뭐야? 네가 날 공격한 거야?"

가렌트의 눈동자는 당혹함 그 자체다.

그 마음을 헤아리지 못하는 것은 아니다.

멀쩡하게 잘 사용하고 있던 마검에서, 갑자기 특정 원소의 마법이 나와 자신을 공격했으니 그런 오해가 드는 것도 당연하다.

"아니, 사일러드가."

"……어떻게 그게 가능해? 네가 만든 마검이잖아. 게다가 플레우드고."

난 가렌트에게 사일러드의 새로운 무기, 정령 마법을 보고 한 추측들을 설명했다.

그러자 가렌트는 입을 조금 벌린 채로 고개를 도리도리 저었다.

"그런 마법이…… 있어?"

"나도 처음 봐. 마법 사회에선 존재할 수 없는 마법이라고 정의했는데, 그 정의가 틀린 거야."

"그럼 어떡해, 이제? 원소사의 왕이라 불리는 플레우드가 봉인되는 꼴이라니?"

사일러드의 말이 떠올랐다.

원소사들의 왕이라고 불리는 플레우드도.

결국, 정령 앞에 있으면 신하에 지나지 않는다는 그 말이 이젠 비수로 바뀌었다.

"그래도 모든 원소가 봉인된 건 아니야. 사용할 수 있는 원소는 분명히 있어."

"계획이 뭔데? 훗날을 도모하고 일단은 대피인가?"

난 그의 질문에는 단호하게 고개를 저었다.

"절대 안 돼."

이대로 멋대로 휴전을 선언하고, 다시 밑의 세계로 가서 대응책을 강구하고 다시 온다?

이게 절대적으로 정답이 아니란 걸 나는 안다.

왜냐, 사일러드가 부리는 정령 마법을 보고 약점도 분명히 존재한다는 걸 깨달아서다.

첫째, 사일러드가 가진 원소의 정령만 다룰 수 있다.

그래서 난 대지, 물, 빛을 자유자재로 사용할 수 있는 상태다.

그나마 다행인 것이 내게 남은 봉인되지 않은 세 가지 원소는 전부 사일러드가 가진 원소와 상성이다.

물론, 절대적인 상성은 아니다.

사일러드의 역량이 더욱 뛰어나다면 그의 불이 내 물을 집어삼킬 수 있는, 49 대 51의 상성이다.

그래도 내겐 무기 하나가 남아 있다.

바로 플레우드를 제외하면 가장 강한 원소라고 불리는 대지 원소.

그 대지 원소 덕분에 지금 사일러드를 피해 잠시 땅속으로 피신을 온 것도 가능한 게 아닌가?

사일러드는 지금 우리를 강제로 끄집어내지 못하고, 땅 위에서 멀뚱히 기다리고 있는 상태다.

그리고 두 번째 약점.

사일러드는 정령 마법의 숙련도가 아직 훌륭하지 않다.

그래도 자신조차도 원소 마법을 다룰 수 없다.

이는 바꿔 말하면, 사일러드는 현재 더블 캐스터가 아닌 소환사에 지나지 않는다는 것이다.

'그래도 사일러드가 만든 마검은 멀쩡히 남아 있지. 그건 분명히 정령을 소환하기 전에 미리 만들어 놓은 거라서 그럴 거야.'

그 마검을 부수면, 사일러드는 정령을 스스로 없애지 않는 한, 새로운 마검을 만들 수 없다.

그 두 가지의 치명적인 약점이 존재하니, 지금이 사일러드와 싸워 이길 수 있는 적기다.

　이런 상태에서 훗날을 도모한답시고 밑의 세계로 피신하는 것은 적기를 놓치는 멍청한 행동이다.

　"가렌트, 플레우드가 봉인됐어도 우린 검술이 있잖아. 할 수 있지?"

　가렌트는 잠시 나와 눈을 지그시 맞추다가, 고개를 천천히 끄덕였다.

　"그래서 이제 어떻게 대응할 건데? 괜찮은 방안이라도 있어?"

　"당연하지."

　가렌트의 앞에 새롭게 만든 마검을 꽂아 놨다.

　각각 대지, 빙결, 빛으로 만든 마검이다.

　각기 다른 세 가지 원소가 섞여 있기에 세 가지 색이 줄무늬 모양으로 이루어져 있다.

　"명심해. 네가 가진 원소를 절대로 사용해선 안 돼. 따라서 네가 직접 마검을 만드는 것도 자살행위나 다름없어."

　사일러드의 정령 중엔 바람 원소 정령까지 있다.

　하필이면 가렌트가 가진 원소도 바람.

　방어나 공격하겠다는 생각으로 원소 마법을 구현한 순간, 자신의 몸을 소멸시키는 마법이 될 뿐이다.

　정령이 있는 한, 가렌트는 마검사가 아닌 잠시 평범한 검사로 돌아가야 했다.

"그리고, 사일러드의 신물들을 밑의 세계로 보내는 건 하지 말자."

"……그 상태로 어떻게 사일러드를 상대하려고?"

이미 플레우드가 그 힘을 잃으면서, 자력 마법인 마그레스 트릭트도 효과를 잃었다.

당연히 이젠 링킹도 사용할 수 없는 상태다.

따라서 가렌트가 내 마검을 쥐고 있다고 한들, 전처럼 마검을 통해서 마법적으로 가렌트에게 도움을 줄 수 없다.

우리의 마검은 정말 검사들의 검을 대신하는 하나의 물건으로 전락한 순간이다.

"차라리 보내지 않고, 사일러드가 많은 신물을 소환하게 만들어서 이곳 꼭대기를 협소한 장소로 만드는 게 나을 것 같거든."

"활동 반경을…… 제한한다?"

"응."

활동 반경을 제한하는 작전은 정말 양날의 검이다.

잘만 휘두르면 상대를 깔끔하게 벨 수 있지만, 그렇지 않은 경우엔 내 몸이 다치는 작전이니까.

그럼에도 활동 반경을 제한하려는 결정적인 이유는 바로, 사일러드를 그 자리에 고정시키기 위함이다.

이 황량한 꼭대기에 사일러드의 신물이 가득 들어서는 것은 곧, 사일러드 자신도 발 디딜 틈이 없어진다는 뜻이다.

그 상태가 될 때까지 기다렸다가, 나와 가렌트는 대지 원소를 이용해서 사일러드를 찾고, 그 앞에 당도하면 그만이다.

"음…… 나는 무슨 수로 버텨야 할까?"

가렌트는 사일러드의 신물에 둘러싸인 자신의 모습을 상상 중이다.

플레우드, 그리고 자신이 가진 바람 원소까지 봉인된 상태에서.

그 많은 수의 신물들 사이에서 어떻게 버티고 살아남을 수 있을까.

순전히 자신이 가진 검술만으로는 분명하게 한계가 있다.

"그래서 작전을 일부 변경. 밑의 세계에서 드레드와 트레샤를 데리고 온다."

"……트레샤는 대지 원소사니까 그렇다고 치는데, 드레드까지?"

"그러니까 드레드까지 필요한 거지. 드레드의 마법을 옆에서 강화시켜 줄 녀석이니까."

가렌트의 표정엔 물음표가 가득했다.

자신만의 투기장을 만들어 싸우는 드레드.

그 면적도 원하는 대로 설정할 수 있다.

하지만 지금 꼭대기의 상황은 드레드가 겪어 본 적이 없는 혼돈 그 자체의 상황.

이런 상황에서 드레드가 자신의 마법을 역량껏 발휘할 수 있을까?

오히려 당황하거나 생각이 잠시 멈추는 등의 불상사가 일어날 것이다.

그럴 때를 대비해 트레샤가 필요한 거다.

트레샤는 오직, 두 검사를 보호하는 의무만 완수해야 했다.

"나랑 트레샤, 드레드. 이 셋을 묶어서 버티게 하고, 꼭대기가 협소해진 다음에는 어떻게 하게?"

"어떡하긴. 우리가 만든 세계로 끌고 가야지."

"그게 정령을 무력화시킬 가장 확실한 방법인가?"

"그건 모르지. 사일러드를 우리가 만든 세계로 끌고 간다고 해서, 정령이 사라질지 아닐지."

오늘 처음 본 마법을 어떻게 바로 알 수 있을까.

하지만 어쨌든, 정령 마법은 결국엔 소환 마법의 단점을 고스란히 가지고 있을 것이 분명했다.

소환사를 상대할 때의 기본 중의 기본.

바로 본체인 소환사 그 자체를 노리는 것.

본체인 사일러드만 같은 공간에서 사라지면 정령이 사라질 가능성도 다분했다.

"확신이 없다고 손 놓고 있을 순 없잖아. 우리가 사일러드 하나 때문에 얼마나 많은 피와 땀을 흘렸는데. 안 그래?"

"……그렇지."

희생당한 자의 피.

그리고 그들의 피를 숭고하게 여기기 위해 우리가 흘렸던 땀.

그렇기에 이 계획은 반드시 원하던 성과로 귀결되어야 한다.

"몸은 조금 어때? 괜찮아?"

"조금 불편하긴 한데, 크게 신경 쓸 정돈 아니야."

"그럼 이제 슬슬 시작하자."

"좋지."

가렌트는 내 마검을 덥석 잡았다.

그와 동시에 난 땅속에서 새로운 포털을 열었다.

"데리고 와."

"알았어."

그렇게 가렌트는 잠시 밑의 세계로 갔다.

밑의 세계의 공터.

조각사와 검사 들은 끊임없이 내려오는 신물들을 처리하던 중, 소나기가 갑자기 그치듯이 더는 신물이 내려오지 않는 상황과 마주하게 되었다.

"끝난…… 건가?"

한창 신물들과 직접적인 전투를 벌인 검사들이 하늘을 보며 말했다.

그들의 희망이 적지 않은 비중으로 담겨 있는 말이었다.

하지만 하늘엔 포털이 여전히 존재했다.

"아니에요. 무슨 이유인지는 모르지만, 잠깐 멈춰진 것 같은데."

드레드는 포털의 존재를 보고 아직 전투가 끝이 나지 않았음을 알 수 있었다.

굳이 포털까지 보지 않아도 기존 마법 사회가 있는 위의 세계엔 여전히 불타는 검은 반점이 사라지지 않고 그대로 있었기에, 난이도가 낮은 추리였다.

"그런데 왜……?"

조각사들은 물론 검사들까지 꽤 긴 시간을 들여 머리 아프게 상황을 추측했으나 여전히 신물들은 내려오지 않았다.

그러더니 하늘에 있던 포털이 전부 사라졌다.

"포털이…… 사라졌어. 정말 끝난 거 아냐?"

하지만 불타는 검은 반점은 여전히 그대로다.

정말 사일러드와의 마지막 전투가 끝이 났다면 저 검은 반점부터 사라졌어야 하는데.

사라져야 할 것은 계속 그대로 있고, 오히려 사라지지 말아야 것이 사라져 버렸으니, 밑의 세계에서 상황을 모르고

대기하는 조각사와 검사 들은 답답하기 그지없었다.

'이상한데. 포털을 고의로 닫은 건가, 아니면 닫을 수밖에 없었던 상황인 건가?'

드레드는 사라져 버린 포털을 보고 많은 생각이 들었다.

그렇게 강한 마검사인 에이머와 가렌트도 지금 어찌할 수 없는 상태에 놓인 걸까?

도대체 위에선 무슨 상황이 일어나는 중인가?

이런저런 불길한 잡생각이 그를 더욱 조급하게 만들었다.

그러던 중, 하늘에 새로운 포털이 열렸다.

"포털이……!"

그 순간 검사들은 하늘을 보고 소리쳤다.

그 속에서 익숙한 모습의 사람이 튀어나왔기 때문이다.

바로 가렌트다.

가렌트는 하늘에서 떨어지는 유성처럼 빠르게 내려와 두 발로 완벽하게 착지했다.

마치 난세에 구원의 영웅이 출현하는 것처럼 느껴졌다.

그러나 그런 희망도 잠시, 드레드는 가렌트의 몸 상태와 그가 들고 있는 마검을 보고 의아했다.

몸은 평소보다 피부가 빨갛게 달아올랐고, 마검은 파란색, 갈색, 하얀색이 줄무늬 모양으로 섞여 있었다.

'가렌트 님의 마검은…… 흰색만 있어야 하는데? 아르키스 님이 주신 마검을 사용하던 게 아닌가?'

어느 하나 가렌트가 가지고 있는 원소의 색과 일치한 게 없었다.

반면 가렌트는 밑의 세계에 도달하자마자 검사들의 상태를 살폈다.

그들의 갑옷은 대부분이 찌그러져 폐기 직전에 놓였고 심지어는 맨살을 드러낸 검사도 적지 않은 수였다.

죽지 않은 게 다행이라고 봐도 무방할 정도였다.

'사일러드의 신물과의 전투가 처음도 아닌 녀석들이…… 왜 이렇게 상태가 엉망이지?'

역시, 가렌트도 제대로 알 수 없었다.

에이머의 공백 그 하나가 얼마나 크게 다가왔는지, 늘 에이머와 붙어 있는 가렌트는 실감하기 어려웠다.

그래도 한 가지는 안심할 수 있는 부분이 있었다.

'에이머가 신물을 더는 밑의 세계로 보내지 않은 거. 처음 들었을 땐 의아했지만, 확실히 잘 선택한 것 같다. 처음부터 이걸 예상한 건가?'

직접 상황을 보지도 않았는데 그런 과감한 결단을 내린 근거가 궁금했다.

가렌트는 이제 드레드와 눈이 마주쳤고, 그에게 손가락을 까딱였다.

이 앞으로 오라는 뜻이다.

"가렌트 님! 가렌트 님이 여기로 오셨다는 것은……?"

드레드는 모든 정황이 전투 종료를 알리는 게 아니지만, 그래도 혹시나 하는 마음에 희망적으로 물었다.

"들떠 있지 마. 상황이 별로 안 좋으니까."

하지만 가렌트는 냉철하게 답했다.

"역시…… 그런 건가요?"

가렌트는 시선을 옮겨, 조각사 무리에 있는 트레샤를 쳐다 봤다.

"가서 네 스승님을 모셔 와."

"예? 갑자기 그건 왜요?"

"잔말 말고 시키는 대로 해! 일일이 설명할 시간 없어!"

조금은 강압적으로 짜증을 부리며 드레드의 몸을 밀친 가 렌트.

그러나 그런 그의 행동이 전부 이유가 있음을 알고 있는 드레드는 일단 가렌트가 시키는 대로 트레샤를 데리고 가렌 트 앞에 섰다.

"자, 우리는 이제 같이 에이머한테 간다."

"그런데 왜 나와 드레드만이죠? 도대체 위에선 무슨 일이 일어나는 중이길래요?"

트레샤도 얼떨떨하기는 마찬가지다.

"설명할 시간은 없어. 상황이 그다지 안 좋아."

"……알 만하군요."

트레샤도 지금 조짐이 이상하게 흘러간다는 것쯤은 진작

눈치챈 사람이다.

특히 그는 가렌트가 들고 있는 마검을 유심히 살펴봤다.

"이상하네요, 그 색을 조합하면 대지, 물, 빛인데. 왜 플레우드 마검이 아닌…….."

"지금 위에 일어나는 상황을 이 마검이 대변한다고 보면 대충 이해가 될까?"

"설마, 아르키스 님이 플레우드를 사용할 수 없는 상태도 아니고. 일부러 그렇게 만든 것 같은데요. 특별한 이유가 있으니까요."

"맞게 봤네. 역시 가주의 안목은 다르다 이건가."

가렌트는 아무렇지도 않게 답했지만, 드레드와 트레샤에겐 적지 않은 충격으로 다가왔다.

아니, 그 둘만이 아니다 밑의 세계에 있던 무리, 특히 조각사들에겐 사형선고와 다름이 없는 말이었다.

그 말을 듣고 델세르가 다급하게 뛰어오며 가렌트에게 물었다.

"아르키스 님이 플레우드를 사용할 수 없는 상태라니요? 많이 다치신 건가요?"

"……그런 거 아니다. 여기에서 끌 시간이 없어. 지금 에이머는 외롭고 고달프게 위에서 우릴 기다리고 있으니까."

가렌트는 델세르를 떨쳐 내듯 외면하려고 했지만, 역시 상황을 아예 모르는 델세르는 답답했다.

"플레우드가 필요하잖아요! 저도 같이 가요!"

순전히 에이머를 걱정하는 마음에서 한 말이지만, 가렌트는 인상을 팍 썼다.

"고집부릴 때가 있고 아닐 때가 있다. 에이머의 제자란 네가 왜 그런 구분도 못 하고 늘 감정적으로 움직이려고 드는데? 네가 가면 짐을 넘어서 아군을 다 죽이는 일이 되니까 빠져 있어."

일부러 델세르에게 상처가 되는 말을 한 것이다.

그래야 깔끔하게 포기할 거라고 생각했으니까.

그러나 이번엔 델세르의 인상이 잔뜩 구겨졌다.

"……짐을 넘어서 죽이는 일이라니. 저 플레우드라고요! 아르키스 님이 플레우드를 사용할 수 없는 상태라면 제가 가서 도와야죠!"

델세르가 살면서 가장 싫어하는 말을 가렌트에게 들으니, 순간적으로 이성이 잠시 끊기는 듯했다.

"네가 사일러드가 있는 곳에 에이머와 함께 있는 한, 절대 도움이 될 수 없어. 오히려 원수가 돼. 설명은 나중에 알아서 들어. 트레샤, 포털로 들어가자."

"뭐가 어떻게 되어 가는 건지는 모르겠지만…… 일단은!"

트레샤는 델세르를 외면하고, 드레드, 가렌트 그리고 자신의 발밑에 거대한 암벽 기둥을 세워 포털로 쏙 들어갔다.

그렇게 밑의 세계에 남은 델세르.

그는 가렌트가 남긴 말이 계속 뇌리에 반복되었다.

'난 도대체…… 언제까지 짐이 되는 건데? 내가 무슨 짐꾼이냐고?'

무기력에서 오는 참담함은 그녀를 더욱 분노케 했다.

귀결

하지만 분노한다고 한들, 도대체 뭐가 달라질까.

가렌트, 드레드, 트레샤가 포털 속으로 들어가자 포털은 기다렸다는 듯이 닫혔다.

불타는 검은 반점만 남은 하늘.

그런 하늘을 바라보며 잠시 끓어오른 분노를 애써 삼켰다.

'제가 오해하는 거죠? 그렇죠, 아르키스 님?'

가렌트는 중요한 순간에 말을 길게 하는 것을 싫어한다.

그래서 자신에게 그런 말도 스스럼없이 한 거라고, 그리 애써 세뇌시키듯 스스로를 달랬다.

가렌트가 이런 중요한 순간에 이상한 말을 해서 상황을 그르칠 형편없는 사람이 아니란 걸 잘 아니까.

무엇보다 아르키스 에이머의 친구이지 않은가?

모든 것을 믿고 맡길 수 있는 돈독한 친구.

그것을 계속 생각하며 속으로 중얼거리니 어느덧 마음이 차분해졌다.

'나 참…… 나도 모르게 잠깐 옛날의 스파클이 되어 버렸네.'

마법사 중에 가장 감정적으로 움직이는 사람이 누구냐?

이런 질문을 받는다면 1기 조각사 중 95% 이상이 스파클이라고 답할 거다.

특히 델세르는 밴시란 이름을 사용할 때, 그런 스파클의 성격을 잘 이용해 에드 분교에서 특별 전형도 이용했던 사람.

교수인 직위에 있으면서 한심하다고 평가했던 그때 그녀의 행보를 저도 모르게 델세르가 그대로 따랐던 것이다.

하지만 이제 그런 말괄량이 스파클은 없지 않던가?

결정적으로 그녀의 아버지인 에드 에타르의 죽음을 경험한 뒤로.

스파클은 정말 델세르가 보기에도 어엿한 어른으로 성장한 상태다.

'난 아르키스 님이 직접 지정하신 이곳의 지휘자. 가렌트 님 말씀이 맞다. 아르키스 님과 연관된 것만 나오면 나도 모르게 툭 튀어나오네.'

델세르의 분노는 어느덧 플레우드처럼 투명하게 변해, 눈에 잘 보이지도 않게 되었다.

그녀는 정신적으로 한 단계 더 성장한 순간이다.

'남겨진 우리가 할 수 있는 일이 뭐가 있을까.'

이제 델세르는 그것을 고민하기 시작했다.

❦

시간이 예상한 것보다 조금은 걸렸지만, 가렌트는 무사히 드레드와 트레샤를 데리고 왔다.

둘은 우리가 있는 곳을 보자마자 미간에 주름이 잡혔다.

"아르키스 님…… 여기, 설마 땅속입니까?"

역시 트레샤는 바로 알았다.

명색이 대지 원소 대표 가문의 가주인데, 이 정도도 보고 바로 알아차리지 못하면 가주 자격을 박탈해야 하지 않겠나?

트레샤 덕분에 얘기가 조금 수월해질 조짐이었다.

"응. 꼭대기 땅속."

"왜…… 아르키스 님답지 않게 땅속에 몸을 숨긴 거죠?"

그의 자연스러운 질문에 난 설명을 이었다.

사일러드가 정령 마법을 들고나오면서 생긴 여러 제약과 문제점들을 전부 전달했을 때다.

"……그런 게 가능해요? 플레우드에게도 치명적인 소환

마법이라니."

역시, 반응은 처음 가렌트에게 설명했을 때와 똑같다.

"그래서 너희 둘을 부른 거야. 계획 전면 수정."

왜 둘을 불렀고, 어떤 식으로 이제 대응할 것인지.

그것들을 전부 설명한 뒤다.

"그 짧은 시간에 그런 훌륭한 계획을 생각해 내시다니, 역시 아르키스 님답습니다."

내 계획의 요지는 이렇다.

위로 올라가자마자 드레드는 자신의 투기장 마법을 구현하고, 그 속에 사일러드를 포함한 우리 전부를 가둔다.

트레샤는 그런 드레드의 마법을 강화시키며 신물이 절대 탈출 못 하게 하고, 나를 제외한 트레샤, 드레드, 가렌트는 벽을 등지고 선다.

그 상태로 신물들을 소멸시키지 않고 방어만 하는 작전이다.

그렇게 드레드가 만든 투기장의 공간이 완전히 꽉 차서 포화 상태가 되었을 때, 내가 사일러드를 추적하고 그의 앞으로 다가가 새롭게 만든 세상으로 몸을 밀어 넣는다.

이것이 내 계획의 전부였다.

"그런데 걸리는 게 있어요. 사일러드도 그렇게 멍청한 마법사가 아닌데, 제가 투기장을 구현한 그 순간 신물을 소환하지 않으면 어떡하죠?"

이번엔 드레드의 질문이다.

꽤 수준 높은 질문이라고 여겨졌다.

"상관없어. 네가 투기장을 구현하고 사일러드가 그 안에 있는 순간, 사일러드는 이도 저도 못 하는 상태에 빠지니까."

하지만 드레드는 아직 이해를 제대로 못 했다.

"오히려 신물을 소환하지 않고 정령만 둔 상태라면, 우린 사일러드가 어디에 있는지 굳이 찾을 필요가 없지. 바로 눈에 보이니까."

"……아하!"

"그러니까 이 계획은 성공할 수밖에 없다. 이렇게 생각하고 임해야 해."

"잘 알겠습니다!"

솔직히 실패할 수도 있다.

사일러드가 어떤 대응책을 즉흥적으로 생각해 낼지 나도 예상할 수 없으니까.

그런데 조금 허세 섞인 말투로 내가 확신한 이유에는 특별한 건 없다.

작전의 주도자인 내가 의기소침하고, 실패를 자꾸 염두에 두며 행동이 소극적으로 변하면, 나를 믿고 따르는 이 셋이 과연 자신감을 유지할 수 있을까?

순전히 그것 때문에 약간은 책임지지도 못할 말을 한 것이다.

하지만 괜찮다.

과정이 어떻든, 결과만 좋게 만들면 모든 게 수월해질 게 분명하니까.

"준비됐나?"

"옙!"

"그럼, 올라간다!"

그와 동시에 난 대지 원소를 이용해 땅 위로 올라갔다.

올라가자마자 마주한 수를 헤아릴 수 없는 사일러드의 신물 무리.

라이칸, 학생 모습을 한 신물.

이 두 가지 유형이 정확한 비율로 섞인 상태다.

"드레드! 바로 시작해!"

내 외침에 맞춰 드레드는 자신의 마검을 땅에 꽂았다.

쿠구구구궁-!

그러자 거대한 운석이라도 맞은 것처럼, 땅은 움푹 파이며 하늘로 뻗어 가는 장벽 투기장이 생성되었다.

"또 무슨 수작을 벌이는 거지? 플레우드도 봉인당한 놈이."

어디선가 들리는 사일러드의 목소리.

여전히 호기로운 그 목소리 그대로다.

'그래, 계속 그 목소리를 내라, 사일러드.'

난 답하지 않고 속으로만 삼켰다.

사일러드의 호기로운 목소리는 처음 그의 정령 마법을 마주했을 때와는 확연하게 다르게 다가왔다.

그 호기로움은 전부 자신감에서 비롯되어 나온 말.

즉, 우리가 무슨 짓을 하는지 전혀 염두에 두고 있지 않다는 뜻이다.

사일러드답지 않다.

매사에 신중한 녀석이고 머리가 역겨울 정도로 좋은 녀석이 지금 상황에서 저런 모습을 보인다는 게.

'아니, 자신의 무기인 정령 마법을 너무 믿는 건가?'

나는 사일러드 입장에서 생각해 보았다.

그러니 답이 금방 나왔다.

내가 만일 사일러드처럼 원소 하나만 다루고, 소환 마법을 다루는 더블 캐스터라면?

그런 상태로 플레우드와 상대하는 중인데 정령 하나 때문에 플레우드가 제 힘을 제대로 사용할 수 없는 상태를 마주하고 있다면?

나도 저런 반응을 보일 것이 분명하다.

실제로 난 가렌트에게 검술을 배우면서 새롭게 터득한 무기를 너무 믿었고, 그것에만 의존했다고 했으니까.

사일러드는 지금 내가 했던 실수를 재현하는 중이었다.

드레드의 장벽이 솟아나고, 트레샤, 가렌트, 드레드는 곧장 위치를 잡았다.

일단 트레샤는 검술을 아예 모르는 몸이 약한 마법사.

그렇기에 트레샤가 장벽에 밀착하듯 등을 붙였다.

그리고 그런 트레샤를 지키기 위해 가렌트와 드레드가 트레샤 앞에 섰다.

"부탁한다."

"옙!"

난 그 셋에게 그 한마디만 남기고 따로 떨어졌다.

아직 사일러드는 신물을 투기장 안을 가득 채울 만큼 소환한 상태가 아니다.

그래서 다음 사일러드의 행동을 확인하기 위해 나섰다.

투기장 안에다가 빙결, 대지, 빛 원소의 보주화를 띄우고, 차례차례 내 주위에 있는 그의 신물들을 베어 나갔을 때.

크르르르륵─!

역시나 내가 한 마리를 베면, 사일러드는 최소 세 마리 이상의 신물을 새롭게 소환했다.

고작 하나를 없앴을 뿐인데, 신물은 셋이 새롭게 생기니 드레드의 투기장 안이 아니라면 절대 해서는 안 될 행동이지만, 지금은 투기장이라는 장소적 이점이 있지 않은가?

'그래, 그렇게 계속해. 사일러드.'

이렇게 조금만 더 하면 계속 팽창하는 신물들 때문에 결국에 투기장 안은 내가 원하던 대로 발 디딜 틈이 없어지는 건 시간문제였다.

콰앙! 콰앙!

그러던 중, 어딘가에서 뭔가를 부수는 소리가 들렸다.

확인하니, 사일러드의 신물이 드레드의 투기장을 아예 부수기 위해 장벽을 치고 있던 중이었다.

'예상한 대로다. 하지만…… 어림도 없지.'

이미 드레드의 장벽은 트레샤의 마법이 더해지면서 더 이상 단순한 돌덩이라고 볼 수 없게 되었다.

강도로만 치면 강철 그 이상.

혹은 광물 중 가장 단단하다는 다이아몬드보다도 단단할지도 모르는 일이었다.

장벽을 세차게 치는 학생 모습의 신물과 라이칸.

그러나 손상되기 시작한 것은 신물들의 주먹이다.

그와 동시에 불, 바람, 어둠 원소의 마법이 내게 정확히 날아들었다.

이건 분명히 사일러드의 정령이 나를 추적하여 보내는 공격이다.

'역시…… 플레우드를 사용하지 않으니까 마법을 직접 구현해서 나를 공격하는 방식이다. 이러면 쉽지.'

플레우드 마검을 사용했을 땐, 마검이 마법의 주체가 되어 나를 공격했다.

바로 플레우드 속에 있는 불, 바람, 어둠의 원소를 이용한 방식이었다.

하지만 그런 플레우드가 말끔하게 사라지니, 저런 방법을 택한 것이다.

날아오는 마법은 내가 띄워 놓은 보주화로 방어했다.

바람 원소 마법은 대지 원소 보주화에서 나온 장벽으로 차단했고.

불 원소 마법은 빙결 마법으로 상쇄.

그리고 어둠 원소 마법은 빛 원소 보주화와 격돌 중이다.

그렇게 사일러드가 드디어 내가 원하는 만큼의 신물들을 소환해, 투기장은 이제 나조차도 움직일 수 없을 정도로 좁은 곳으로 변했다.

"독 안에 든 쥐새끼가 되었군, 아르키스 에이머."

어디선가 들리는 사일러드의 목소리다.

난 입꼬리를 올렸다.

"과연…… 그럴까."

이미 난 신물들에게 둘러싸인 형태지만, 전부 의도한 대로다.

난 땅에 엎드려 몸을 보호하기 위한 대지, 물, 빛 원소의 무장 마법을 단단하게 구현하고, 사일러드를 추적하기 시작했다.

'사일러드, 450년 전 보름달 전투가 3일이나 지속된 이유. 넌 깨닫지 못한 건가?'

사일러드는 그 자체로도 강한 마법사이지만, 사실 그 전투가 3일이나 지속된 근본적인 이유는 다른 데에 있다.

바로 끝없이 소환하는 라이칸들의 물량 공세.

이것이 가장 큰 걸림돌이었다.

당시의 나는 비전력을 절대 사용하면 안 된다는 스승님의 충고를 듣고, 오직 마나의 플레우드만으로 그와 맞섰다.

그로 인해 길을 막는 라이칸들을 처리하는 시간이 길어졌던 거다.

즉, 이것을 바꿔 말하면 사일러드는 자신의 몸을 방어하는 수단으로 물량 공세의 신물들을 이용한다.

그의 그런 방어 방식도 결국엔 양날의 검.

맹신하는 것은 언제든 약점으로 뒤바뀌어 칼날이 자신을 노릴 것이다.

그리고 바로 지금이 그의 맹신이 약점으로 바뀐 순간이다.

'찾았다.'

사일러드의 위치를 파악한 난 그대로 대지 원소를 이용해 두더지처럼 땅속으로 들어갔다.

정확히 사일러드가 있는 곳의 밑까지 도달한 그 순간.

'스프링(Spring).'

터엉-!

단숨에 사일러드에게 튀어 오르는 대지 마법을 구현했다.

스프링이란 마법은 말 그대로 스프링처럼 내 몸을 튀어 오르게 하는 마법.

튀어 올라 한순간에 땅 위에 있는 사일러드에게 다가갈 목적으로 내 발밑에다 대지 원소의 발판을 구현하는 마법이다.

그렇게 땅을 뚫고 폭발하는 화산처럼 내가 튀어 올랐을 때.

정확히 사일러드와 눈이 마주쳤다.

그 순간, 시간이 상당히 느리게 흘러가는 것만 같았다.

마치 주변에 시간을 조정하는 위대한 마법사가 있는 것처럼.

화창한 날씨의 평화로운 구름이 천천히 움직이는 것과 같이 모든 게 천천히 느껴졌다.

실제로 시간이 느리게 흘러가는 건 아니다.

중요한 순간이기에, 내가 그렇게 느끼는 거다.

난 사일러드를 향해 손을 뻗었다.

내 손은 여전히 천천히 사일러드를 향해 뻗어 갔고, 드디어 그의 멱살을 부여잡았을 때다.

화르륵-!

후우웅-!

사일러드의 뒤에 있는 정령이 내뿜는 원소 마법.

분명히 나를 노리는 마법이지만, 이미 난 사일러드의 멱살을 잡았다.

따라서 저 마법에 맞기 전에, 내가 계획한 행동을 할 수 있다.

사일러드와 정령 사이에 새롭게 만든 위의 세계로 향하는 포털을 열고, 그와 동시에 내 발에 빛 원소의 스프링 마법을 추가로 구현했다.

이미 발이 땅에서 떨어진 상태이기에, 이 상황에서 유용한 게 빛 원소였다.

공중에서 새로운 발판이 생겨났고, 그 발판은 나를 발사하는 발사대가 되었다.

그대로 빛 원소의 스프링 마법을 작동시키면서 난 사일러드의 몸을 밀치며 발사됐다.

"가자, 사일러드. 이번엔 내 새 무기를 보여 줄게."

"……무슨?"

사일러드의 대답이 끝나기도 전에.

터엉-!

스프링 마법을 작동시키면서, 광속으로 나와 사일러드는 포털 속으로 들어갔다.

정령이 구현한 마법에는 맞지 않은 채로.

장벽을 등지고 사일러드의 신물들과 맞서던 가렌트, 드레드, 트레샤.

그러던 중 갑자기 신물들이 한순간에 사라졌다.

셋은 자동적으로 주위를 살폈다.

그 많았던 신물들이 멸종이라도 한 듯이 온데간데없어지고, 딱 세 마리의 소환체만 남은 상태다.

바로 불, 바람, 어둠의 정령이다.

정령 앞에는 포털이 잠시 일렁이다가 이내 사라졌다.

그 포털만 보고도 셋은 어떤 상황이 펼쳐졌는지 알 수 있었다.

"아무래도 아르키스 님이 성공하신 것 같네요."

트레샤가 말했다.

방금까지 존재했다가 사라진 포털.

이는 새롭게 만든 위의 세계로 에이머가 성공적으로 사일러드를 끌고 갔다는 증거이리라.

그러니 사일러드가 기존에 소환해 놓은 신물들이 전부 사라진 것이다.

"그러네. 근데…… 정령은 사일러드가 이 장소에서 사라져도 그대로 남나 본데?"

얼마나 강한 마법이기에 일반 소환 마법은 전부 사라졌는데도 정령은 그대로 남는 것일까.

하지만 감탄하고 있을 때는 아니었다.

"이제…… 어떡해야 할까요?"

드레드가 묻자, 가렌트는 마검을 정령을 향해 겨눴다.

"어쩌긴 뭘 어째? 에이머가 돌아올 때까지 저것들이랑 시간 좀 보내야지."

사일러드가 새롭게 만든 세상으로 간 시점에서 이미 승기는 거의 잡았다고 판단한 가렌트.

따라서 버티고만 있으면, 에이머가 다시 돌아와 저 정령까지 처리해 줄 것이라 굳게 믿었다.

다만, 그 전에 정령이 더욱 활개 치지 못하도록 가렌트와 드레드가 직접 나서서 견제할 뿐이다.

그리고 가능하다면, 직접 정령을 부수는 것도 행할 생각이었다.

"왜, 무서워, 드레드?"

"아니요!"

"그럼 됐고. 트레샤는 우리 좀 도와 달라고."

"맡겨만 주시죠."

"드레드, 장벽 허물어. 어차피 움직이지 않는 정령들을 상대로는 이 투기장이 있어 봤자 우리한테 방해만 될 거 같으니까."

"넵!"

드레드가 대답과 즉시 투기장을 허물자 이제 다시 황량한 꼭대기의 모습으로 돌아왔다.

"상대는 생명체지만, 생명체가 아니야. 무슨 말인지 알겠어?"

본격적으로 정령과의 전투에 나서기 전, 가렌트가 드레드를 향해 물었다.

"어려운 말이네요."

하지만 드레드는 곧장 이해하지 못했다.

"나 참. 답답하긴. 생명을 가지고 있는 놈이라 죽는다는 게 성립돼. 그런데 또 생명체는 아니란 건, 생각이란 게 없는 놈이야. 이제 이해되지?"

"네."

"그러니까 전투에선 우리가 우위에 있다. 우린 생각이란 걸 하면서 임하니까. 저 정령은 그렇지 않아. 그러니까 움츠러들 필요 없다."

"가렌트 님이 옆에 있으니까 괜찮습니다. 오히려 힘이 나는데요, 뭘."

"이번엔 조금 기특했다."

그렇게 두 마검사는 자세를 다잡았다.

잠시 눈빛을 교환한 뒤, 가렌트가 고개를 끄덕였다.

그 직후, 둘은 쏜살같이 정령을 향해 달려들었다.

"여긴……."

사일러드를 성공적으로 새롭게 만든 위의 세계에 데리고 왔다.

하늘과 땅만 있고 기타 구조물과 같은 것은 아무것도 없는 세상.

사일러드는 경계하며 행동도 움츠러들었다.

그리고 사일러드를 이곳으로 데리고 오면서, 그의 얼굴 반쪽에 자리 잡은 에타르의 화염도 사라졌다.

'확실하군…….'

그것만 봐도 사일러드는 이제 원소 마법을 사용할 수 없다는 걸 알 수 있었다.

새롭게 만든 세상은 주인의 마음대로 움직인다.

따라서 주인인 내가 플레우드를 제외한 마법을 사용할 수 없게 만든다면.

주인이 아닌 사일러드는 그 영향을 고스란히 받게 된다.

그렇기에 불 원소로 이루어진 에타르의 화염도 완벽히 사라진 것이었다.

사일러드는 자신의 얼굴을 어루만졌다.

분명히 에타르의 화염이 자리 잡은 상태로 그를 끝없이 괴롭혔는데 이곳에 도착한 순간 그런 걸림돌이 사라진 것이 의아한 듯했다.

"너…… 무슨 짓을 한 거냐?"

난 마검을 들어 사일러드를 겨눴다.

대지, 물, 빛의 색이 줄무늬로 섞인 마검은 서서히 색이 투명해지더니, 온전한 플레우드로 돌아왔다.

"나한테 믿는 게 이거밖에 없냐고 했었지, 사일러드."

"……."

"네가 믿는 구석을 하나 남겨 놨듯이, 나한테도 그런 게 분명히 있었거든. 애초에 널 매장시킬 곳은 본교가 있던 그곳이 아닌 새롭게 만든 이 세상이다."

"새롭게 만든…… 세상? 설마, 네가 새로운 위의 세계라도 만들었다는 거냐……?"

그는 믿을 수 없다는 반응이다.

그런 반응은 날 더 확신에 가득 차게 만들었다.

희대의 천재라고 불렸던 그조차도 아예 예상도 못 했다는 방증이니까.

"전에 내가 스승님에게 무엇을 받았는지 궁금해했지? 그게 바로 이거거든. 새로운 위의 세계를 만드는 법."

"새로운 세상을 만드는 법……?"

"그래, 많이 당황스러운 것 같아서 설명해 주지. 내가…… 아니, 우리가 만든 이 새로운 세상에 있는 한, 넌 원소 마법을 사용할 수 없다."

그 설명이 끝나자 그는 또 자신의 얼굴을 어루만졌다.

그제야 그는 얼굴 반쪽 전부에 자리 잡은 에타르의 화염이 사라진 이유와 내 말이 거짓이 아니라는 것을 동시에 깨달은 듯했다.

"위의 세계라는 건 보주화의 최종 진화 형태. 보주화가 주재료이며, 그 보주화가 거대하게 팽창해서 새로운 위의 세계가 되는 원리더군. 그런데 이 세상을 만든 주재료가 하필이면 플레우드 보주화라서 말이야."

그렇기에 플레우드를 제외한 어떤 마법도 사용할 수 없는, 사일러드에겐 지옥 그 자체의 세상에 오고 말았다.

심지어 그는 정령과 함께할 수 없게 된 데에 비해 난 온전한 플레우드까지 사용할 수 있는 상태.

이미 사일러드를 새롭게 만든 세상으로 밀어 넣은 순간, 사실상 전투는 끝이 났다고 봐야 했다.

모든 피와 땀이 섞이며, 승리라는 결과로 귀결되는 순간이다.

"그래서 뭐, 어쩌란 거지?"

하지만 사일러드는 이내 평정심을 되찾고, 당돌한 목소리를 냈다.

아직도 믿는 무언가가 있는 듯했다.

"내가 사용할 수 없는 마법은 원소 마법밖에 없잖나? 아직 모르는 건가? 450년 전도 그렇고 이번에도 그렇고, 네가 나에게 쉽게 도달할 수 없었던 이유."

그 말이 끝나는 동시에 텅 빈 상태로 황량한 이 세상에, 사일러드의 신물들이 곳곳에 자리 잡기 시작했다.

그 수는 기하급수적으로 늘어나, 흡사 라이칸 무리로 수풀을 만들었다고 봐도 될 정도였다.

하지만 차이점은 분명히 있다.

사일러드가 소환한 신물은 오직 라이칸 한 종류.

게다가 기존처럼 검은색 가죽으로 도배된 라이칸이 아니다.

라이칸의 본연의 색인 회색이나 갈색으로 이루어진, 지극히 평범한 라이칸들이었다.

그의 주특기인 물량 공세로 나와 맞서겠다는 뜻이었다.

"절벽 위에서 위태로운 꼴이군, 사일러드. 어울리지도 않게."

사일러드의 신물이 무서웠던 이유.

그의 신물은 원소 마법과 결합되면서, 플레우드 마법의 위력이 상당히 감소했기 때문이다.

그래서 마법으로 공격하는 것보다 물리적인 방법이 더욱 큰 효과를 보였고, 그렇게 검사들과 함께 그를 제압하기 위해 일시적인 동맹을 맺었다.

그땐 그랬다.

사일러드가 원소와 소환 마법을 결합한 라이칸을 선보였

을 때까지만 하더라도.

그러나 지금 이곳은 사일러드가 원소 마법을 사용할 수 없는 곳.

그것이 뜻하는 것은, 사일러드가 소환하는 모든 소환체는 원소 마법에 그대로 직격되며 사일러드는 현재 더블 캐스터가 아닌 평범한 소환사가 되었다는 것이다.

비전력은 사용할 수 있다고 하더라도 원소 마법이 빠져 버리면 일반 소환 마법과 다를 게 없다.

"한심하군, 사일러드. 내가 기껏 설명해 줬는데 이해를 못하고 말이야."

쿠루루루룽-!

난 하늘에 있는 구름을 조작하여 벼락을 내려쳤다.

소리만 요란하게 들릴 뿐 눈엔 제대로 보이지 않는 마법이다.

플레우드로 만든 벼락이니까.

콰과과광-!

벼락 줄기는 사일러드가 빼곡히 심어 놓은 라이칸들의 미간을 정확히 노렸고, 벼락에 맞은 라이칸들은 형체도 없이 소멸했다.

그리고 애써 소환했던 사일러드의 라이칸 군단이 벼락 하나에 10초도 걸리지 않아 전멸하는 결과를 낳았다.

"……."

사일러드는 말이 없었지만, 분명하게 눈동자는 당혹감을 그리고 있었다.

"네가 이 세상에 있는 한, 넌 평범한 소환사야. 할 수 있는 건 아무것도 없다고."

"웃기지…… 마라…….."

이 사실을 인정할 수 없었던 걸까?

사일러드는 다시 라이칸 군단을 소환했다.

이번엔 전보다 수가 더 많았다.

하지만 어차피 의미 없는 발악일 뿐이다.

이번엔 벼락이 아닌, 화창한 하늘에 눈보라를 구현했다.

빙결 마법인 블리자드다.

블리자드는 사일러드의 모든 라이칸을 휩쓸었고, 그대로 라이칸은 얼음 조각으로 깨지며 소멸했다.

"넌…… 절대 나를 뛰어넘을 수 없단 말이다!"

한평생 얕보던 상대에게 절대 넘어설 수 없을 것 같은 벽을 느껴서일까.

사일러드가 그동안 나를 어떻게 봤는지, 내면에 있는 소리가 튀어나왔다.

그는 절대로 내가 자신을 이길 수 없다고 굳게 믿는 모양이다.

하지만 난 이 사실을 부정하지 않는다.

정말 나 혼자서 사일러드와 맞섰다면, 이길 수 없었을지도 모르니까.

"네 말이 맞아. 나 혼자서 너에게 맞설 것을 계획하고 모든 걸 준비했다면…… 이미 정령에게 패했겠지. 하지만."

그리고 난 불 원소 마법을 구현했다.

바로 사일러드의 반쪽 얼굴에 에타르의 화염이 있던 자리에 내 마법으로 그의 화염을 재현한 것이다.

화르륵―!

"크흑……!"

"나 혼자선 이길 수 없었겠지만, '우리'라면 얘기가 달라지지 않겠어?"

우리란 말.

내가 사일러드와의 마지막 전투를 준비하면서 느낀 것들이 많다.

타일런트를 끌어내기 위해 꼭대기에 도달했을 때, 봉인에서 풀려나 예상 범주를 한참이나 뛰어넘은 힘을 보여 줬던 사일러드.

그때 다음이란 기회를 주기 위해 제 몸을 던진 에타르.

그 뒤로도, 부족한 비전력을 증강시키기 위하여 검사들의 훈련을 내게 시켜 준 가렌트와 검사 친위대.

그리고 어느 날 갑자기 꿈에 나타나 자신을 꼭 만나러 와 달라고 했던 스승님.

마지막으로.

사일러드와 결판을 짓기 위해 나선 오늘.

역할을 분담할 수 있는, 든든한 아군인 조각사와 검사 친위대.

그 모두를 아우르는 말이다.

만약 이들이 없었고 나 혼자서 준비했다면, 여기까지 올 수 있었을까?

내게 에타르가 없었다면 어떻게 됐을까?

이미 봉인에 풀려난 직후인 사일러드의 손에 죽었을 거다.

그런 일들을 겪으면서 나는 깨달았다.

제아무리 잘난 능력을 가진 원소사, 플레우드라고 할지라도 막상 혼자서는 할 수 있는 일이 많이 없다는 것을.

주변에 도움을 주는 그 많은 이들이 없었다면 난 여기까지 올 수도 없었다.

그들 덕분에 해답을 모르는 문제에 마주쳤을 때, 겨우 풀이 공식을 찾을 수 있었고.

그 결과가 지금 이곳이다.

'나'라는 개인을 기준으로 하면 한없이 약하다.

할 수 있는 것의 가짓수도 대부분이 사라진다.

그러나 '우리'가 된다면 기존에 존재했던 약함은 허물에 지나지 않는다.

뱀과 같은 것이다.

뱀도 허물을 계속 벗으며, 성장해 나간다.

뱀은 허물을 벗지 못하면 곧 죽을 운명을 맞이해야 하니까.

따라서 나도 약함이라는 허물을 주변인들 덕분에 벗어 낼수 있었고, 그렇게 한 단계 한 단계 차츰 성장하여 최대 난관인 사일러드와 마주했을 때에는 한계를 느낄 수 없었다.

"에타르가 내게 남겨 준 선물인데, 재현해야 하지 않겠어?"

특히 그 시작이 에타르다.

에타르가 없었다면 우리가 여기까지 올 수 없었다는 것은 절대 부정할 수 없는 사실이니까.

그것을 사일러드에게 강조하고 싶어, 일부러 그의 얼굴 반쪽에 에타르의 화염을 재현한 것이다.

"사일러드, 너도 과거엔 '우리'라는 것 덕분에 강해졌잖나? 원소사인지 소환사인지도 모르는 네가 길을 찾을 수 있게 도와준 사람, 너에게도 분명히 있었어."

"……."

스승님이 내게 보여 줬던 과거의 일을 들먹였다.

처음 사일러드가 스승님의 제자가 되었을 때의 일화다.

"네가 소환사인 걸 알아차리고도 스승님은 널 버리지 않았지. 오히려 같이 공부를 하시고, 너를 성장할 수 있도록 도와주셨지."

사일러드도 한때 우리란 공동체로 살아왔고, 성장해 나간

이력이 있다.

　하지만 그가 삐뚤어진 목적 때문에 모든 것을 스스로 등지면서 생긴 결과가 바로 이것이다.

　"고작 가주 심사 하나 떨어졌다고 '우리'란 진귀한 보물을 버린 것은 너의 선택. 당시 스승님의 말씀이 옳다. 기회란 건 한 번만 있는 게 아니야. 언제든지 있지. 그때를 기다리고, 모두에게 인정받는 어엿한 가주가 되자고 한 제안을. 네가 스스로 뿌리친 거잖아."

　"나보다 늦게 태어난 네가 뭘 안다고 나불거리지? 그 시대도 경험하지 않은 놈이……."

　"당시의 원소사들을 변호하겠다는 게 아니다. 내가 똑똑히 네 머리에 새기고 싶은 말은 '우리'란 것을 등지고, '나'라는 개인이 된 지금 너의 모습이 어떤지 보라는 거지."

　사일러드는 스스로 혼자가 되면서, 그렇게 얕봤던 상대에게 결국엔 굴복하기 직전이다.

　이것이 바로 내가 강조하고 싶은 말이다.

　네가 그때 감정을 잘 추슬러 '우리'란 개념이 계속 박혀 있었다면, 정말 지금은 어엿한 대마법사가 되어 있을지도 모른다.

　그러나 등지는 선택을 한 것은 순전히 사일러드의 몫.

　누가 시킨 것도 아니다. 혼자서 인정할 수 없다며 뛰쳐나간, 낙오자일 뿐이다.

그리고 지금이 이 세상에서 진정으로 낙오시킬 순간이다.

존재 자체도 지워 버릴, 낙오.

낙오라기보다는 삭제라고 말하는 게 더 옳을지도 모르겠다.

"잘 가라, 사일러드. 네가 헤집어 놓은 세상을 이제야 정상으로 돌려놓을 수 있는 순간이니까."

나는 검날 끝을 앞으로 한 채로 그대로 사일러드를 향해 돌진했다.

이제 저항의 수단이 없는 사일러드, 그대로 가슴에 내 마검이 꽂혔다.

푸욱-!

플레우드 마검에 찔린 사일러드의 몸이 점점 **부풀었다.**

그간 마검으로 사일러드가 만든 신물들은 끝없이 베어 왔지만, 사람이라는 생명체는 처음 벤 순간이다.

유(有)를 무(無)로 돌리는 플레우드의 성격이니, 저렇게 부풀어 곧 터지며 완전히 소멸할 것으로 보였다.

하지만 아직 이대로 보낼 순 없었다.

"소멸하기 전에. 너의 기억을 보여라, 사일러드."

그 상태로 사일러드에게 링킹을 구현했다.

내가 보고 싶은 그의 기억은 바로…….

에타르가 마지막에 어떤 마법을 구현했는지, 그것을 정확히 확인하고 싶어서다.

추측만 난무했던 그의 최후.

그의 최후를 직접 확인하고 실태를 정확히 아는 게, 떠나보낸 제자를 향한 도리라고 생각했다.

나는 그 상태로 사일러드의 기억을 뒤졌다.

한창 정령과 전투 중이던 가렌트와 드레드.

"어찌할 방법이 없네……. 원소 중 가장 강한 대지 원소라고 불리는데 뭐 저거 하나 부수질 못하는 거지?"

그들이 상대하고 있던 정령은 여전히 건재함을 유지했다.

아예 접근 자체가 불가능했다.

일정 반경 안으로만 들어가면 정령은 강한 마법을 구현하면서 그대로 가렌트와 드레드를 튕겨 냈다.

가주인 트레샤가 아무리 마법적으로 지원을 해 줘도, 무용지물로 돌아갔다.

이로써 알 수 있는 것은 단 하나.

이 정령 마법도 비전력을 베이스로 만들어진 것이기에, 트레샤가 특별한 힘을 사용할 수 없었다는 것이다.

그렇게 접근도 되지 않은 상태로 그저 대치만 하는 게 할 수 있는 전부인 상태가 계속되었을 때였다.

쩌저적-!

"가렌트 님……."

갑자기 정령의 몸에 눈에 훤히 보일 정도의 큰 빗금이 쳐졌다.

정령 하나만 그런 게 아닌, 세 마리의 정령의 몸에서 동시에 일어난 현상이다.

"드디어……?"

저 정령은 사일러드가 만든 정령.

그런데 건재함을 잃지 않았던 정령들의 몸에 돌연 빗금이 쳐진다는 것은 희망적인 소식이었다.

"에이머가?"

빗금은 이내 정령의 몸 전체로 퍼졌다.

쿠구궁.

그렇게 정령은 잔해로 변하며, 그대로 내려앉았다.

동시에 가렌트, 드레드, 트레샤는 서로를 쳐다봤다.

"……끝?"

그들의 염원을 담은 말이었다.

'에타르……'

링킹을 통해서.

에타르의 최후가 어땠는지 확인했다.

그가 사일러드에게 선사한 마법인 빅뱅.

역시 예상대로 그는 불 원소사가 도달할 수 있는 궁극의 경지에 도달하고, 제 목숨을 바쳐서 마지막에 그 마법을 구현한 것이었다.

사일러드에게 링킹을 사용한 것이기에 전부 사일러드의 시점으로 봤다.

에타르는 정말 말 그대로 포화 속에서 사라졌고, 남은 것은 휑하게 변한 꼭대기와 사일러드의 반쪽 얼굴에 자리 잡은 화염.

그것이 에타르가 남긴 마지막 마법이었다.

'에타르, 네가 남긴 다음이라는 기회, 확실하게 잡았다.'

너의 희생은 대대손손으로 기억할 것이다.

숭고한 희생을 기릴 방법은, 평생 그를 기억하는 것밖에 없으니까.

"이제 됐다. 사일러드."

확인하고 싶은 것은 전부 확인했다.

고로, 사일러드는 더는 존재할 필요가 없다.

"사라져."

난 그대로 마검을 더욱 힘차게 찔러 넣었다.

푸욱―!

마검의 검날은 사일러드의 가슴을 완벽히 관통하고, 그의 등으로 튀어나왔다.

그러자 사일러드의 몸이 부풀어지는 속도가 더욱 빨라지

기 시작하더니 새로운 현상이 일어났다.

바로 사일러드의 눈과 입에서 하얀빛이 뿜어져 나오기 시작한 것이다.

"끄아아악-!"

고통스럽게 울부짖은 사일러드.

하지만 그의 두 눈과 입에서 광선처럼 퍼져 나오는 하얀 빛줄기를 보며 의아했다.

'마검에 찔리면…… 이런 현상이 일어나는 건가? 그렇다고 하기엔…… 내 마법이 아닌 느낌인데.'

이상하게도 나는 그 느낌을 지울 수 없었다.

의아함도 잠시, 사일러드의 얼굴은 형체를 알아보기 힘들 정도로 부풀었고 곧 피부에도 빗금이 생겨나면서 그 빗금에서도 하얀 빛이 뿜어져 나왔다.

"아르키스 에이머어어어-! 난 절대 죽지 않아……! 죽을 수 없단 말이다!"

마지막까지도 결과를 납득할 수 없다는, 그의 원망 섞인 울부짖음이었다.

그러나 그 고함도 오래가진 못했다.

"그건 네 욕심일 뿐이다."

퍼엉-!

이윽고 그의 몸은 터지면서 무(無)의 존재로 돌아갔다.

"어어……! 저기 하늘이……!"

밑의 세계에서 대기 중이던 조각사와 친위대.

그들은 하늘에서 일어나는 현상을 보고 들떴다.

바로 불타는 검은 반점에서 변화가 일어나는 중이다.

처음에는 화염이 서서히 약해지더니, 이윽고 사라졌다.

그 뒤로는 검은 반점의 색이 점차 투명해지더니 지금은 아예 검은색을 찾아볼 수 없는 상태가 되었다.

즉, 예전의 정상적이었던 그 위의 세계의 모습으로 돌아온 것이다.

"끄……끝났다!"

친위대원 중 누군가가 소리쳤다.

이 결과를 맞이하기 위해 얼마나 많은 고생을 했던가.

원하던 결과가 눈앞에 나타난 순간, 그들이 과거에 거쳤던 고생들은 물에 씻겨 나가듯 사라졌다.

지금은 기쁨만을 만끽하는 순간이었다.

"……정말 끝난 건가?"

그 와중에 델세르는 하늘을 보면서 남들과는 조금 다른 감정을 느꼈다.

순전히 기쁨만이 있는가?

그건 아니다. 솔직히 말해서 기쁨보다는 조금은 허탈했다.

이 결과를 위해서 모두가 한마음으로 달려왔는데, 막상 정말 원하는 결과를 손에 쥐게 되니 어딘가 섭섭한 마음도 들었던 것이다.

그 섭섭한 마음은 바로 델세르는 이번에도 특별히 한 게 없다고 생각됐기 때문이다.

밑의 세계에서 도움이 될 수 있는 무언가가 없을까 고민만 하다가 사태가 끝이 났으니 허탈함이 찾아오는 것도 델세르에겐 당연했다.

'그래도…… 형편없는 건 아니었겠죠? 아르키스 님.'

과연 에이머가 오고 난 뒤 어떤 평가를 내릴지 내심 떨렸다.

'고생 많으셨습니다, 정말로.'

델세르는 이곳에 있는 조각사와 친위대원 들의 모습을 눈에 담았다.

완벽히 끝이 났음을 확신한 그들은.

서로를 껴안으면서 기쁨을 한참이나 만끽했다.

그 와중에 유독 서로를 질식시키듯이 꽉 껴안은 두 사람이 보였다.

바로 루트와 릴이었다.

'좋은 날이네, 여러 의미로.'

"후우……."

사일러드가 소멸되고 나서, 나는 마검을 땅에 떨어트리고 털썩 주저앉았다.

"정말…… 끝인가."

우리가 그토록 원하던 결과.

이 결과를 얻을 것을 확신하고 계획한 오늘의 반격.

그 모든 것들이 귀결된 지금 이 순간을 마주하는데도 실감이 나지 않았다.

너무 간절하게 바랐기 때문일까?

본래 간절한 것이 정말로 이루어질 때일수록, 기쁜 것보다는 의심이 먼저 든다고 하지 않았던가?

지금이 딱 그랬다.

난 주변을 살폈다.

사일러드의 모습은 어디에도 없었다.

"스승님, 에타르. 드디어……."

분명히 끝이 난 게 맞다.

이 영광을 숭고한 희생을 한 둘에게 돌리고 싶었을 때였다.

"……난 절대로 죽지 않는다, 아르키스 에이머."

"……?"

그런데 어디선가 사일러드의 목소리가 들려왔다.

아주 가까운 곳에서.

깜짝 놀란 나는 황급히 마검을 부여잡고 다시 일어섰다.

그러나 눈에 보이는 사일러드의 모습은 없었다.

분명하게 목소리는 들려오는데 그의 모습은 또 보이지 않는, 그런 아이러니한 상황이었다.

"······내가 어떻게 말을 하고 있지?"

다시 들린 사일러드의 목소리.

자신이 어떻게 말하는지도 자각하지 못하고 있다는 투로 들려왔다.

"······사일러드?"

"······."

그의 존재를 확인하려 이름을 불렀지만, 이어진 것은 침묵이다.

긴 침묵 끝에, 사일러드가 내게 물었다.

"너, 나한테 무슨 짓을 한 거냐······?"

비록 그의 얼굴은 보이지 않지만, 지금 당황하고 있다는 것은 목소리를 통해서 확실하게 전해졌다.

모습은 사라졌는데, 도리어 목소리는 계속 들리는 이 상황.

그러던 중, 눈앞에 아지랑이 하나가 일렁였다.

색은 플레우드처럼 투명하지만, 내 눈에는 분명하게 보였다.

"나한테 무슨 짓을 한 거냐고."

다시 들리는 사일러드의 목소리.

그 순간 확실하게 알았다.

그의 목소리는 바로 저 아지랑이 속에서 나오는 중이란 것을.

따라서 저 아지랑이는 사일러드의 영혼이라고 할 수 있었다.

그러나 의문점은 여전히 존재했다.

어째서 사일러드의 영혼이 플레우드의 색과 똑같이 이루어져 있는 걸까.

마법사의 영혼이 가진 원소의 색을 그대로 따라가 색깔을 가지는 건 아니다.

그러나 영혼이라는 건 애초에 우리 눈에 보이지 않는 것.

눈에 보일 정도로 형상화를 하면 자신이 가진 원소의 색을 고스란히 따라가게 된다.

하지만 사일러드의 반응을 보니 지금 그의 영혼이 형상화한 것은 자신의 의지가 아니란 것을 알 수 있었다.

'그러고 보니 그거……'

사일러드를 마검으로 찔렀을 때가 떠올랐다.

그의 눈, 코, 입에서 빗발치던 하얀 빛들.

혹시 그것과 연관이 있을까 싶었다.

애초에 사일러드가 꼭대기 철문에 갇혀 있던 무렵.

부활을 꿈꾸고 자신의 영혼을 쪼개, 밑의 세계로 보냈던 일도 있었다.

하지만 그것은 엄연히 원소 마법을 사용할 수 있어야 가능하다.

그러나 지금 나와 사일러드가 있는 곳은 새롭게 만든 세상.

게다가 플레우드 보주화가 진화한 곳이기에 사일러드는 자신이 가진 원소 전부를 사용할 수 없다.

그렇기에 철문에 갇혔을 때처럼, 재기를 꿈꾸며 영혼을 쪼개는 일 따위는 아예 행할 수 없는 계획이란 뜻이다.

'그렇다면 남는 가설은 딱 하나인데.'

플레우드 중 누군가가 사일러드의 영혼을 온전하게 만들었다는 뜻이다.

난 주위를 살폈다.

이 장소에서 나 말고 다른 플레우드라니?

난 여태껏 사일러드를 소멸시키기 위해 힘을 쓰던 사람인데, 그런 내가 사일러드의 영혼을 보전할 이유가 어디 있을까?

저 위험한 영혼을 놔두면 앞으로 또 어떤 재앙이 불어닥칠지도 모르는데, 난 그런 재앙을 즐기는 이상 욕구가 있는 사람은 아니다.

하지만 주위를 아무리 눈 씻고 살펴봐도 나 말고 다른 플레우드가 있을 리가 없었다.

애초에 이 시대에서 남은 플레우드라곤 나와 에밋 가문의 소수 생존자.

하지만 지금 에밋 가문의 생존자들은 밑의 세계에 있고, 나만 새롭게 만든 세상에 있었다.

'우리가 모르는 플레우드가 어딘가에 있다는 것인가?'

문득 그런 생각도 들었지만, 그건 정말 멍청한 생각이란 걸 금방 깨달았다.

나도 모르는 사이에 사일러드의 영혼을 보존할 수 있을 정도의 플레우드라면.

나와 견주었을 때, 나보다도 훨씬 강한 마법사이어야 한다.

그런데 그런 마법사가 정말 존재한다면, 여태껏 몰랐다는 게 말이 안 되니까.

그렇지만 또 사일러드의 영혼이 어떻게 보존되어 있는지도 설명할 수 없었다.

"답해라! 아르키스 에이머! 날 왜 살려 둔 거냐!"

이제 사일러드는 분노에 치달은 목소리다.

영혼만 덩그러니 남겨 둔 채, 자신을 어떻게 악질적으로 괴롭힐 생각이냐고 묻는 듯했다.

"살려 두긴. 난 널 못 죽여 안달인 사람인데, 그런 내가 널 왜 살려 두지?"

"……그런데 왜 내 영혼은 보존한 거지?"

역시, 사일러드도 꽤 수준이 있는 마법사이기에 자신의 육체는 사라졌어도, 영혼은 그대로란 것을 금방 알아차렸다.

"내가 한 게 아니니까 나도 모르지."

"그게 말이 되나? 이곳엔 너와 나밖에 없는데 네가 한 게 아니면 누가 한 거라고……!"

내 말이 지금 그거다.

도대체 내가 의도하지도 않은 일을 누가 한 거란 말인가.

난 사일러드의 영혼에서 시선을 떼고, 황량한 이곳 세계의 풍경만 바라봤다.

그러다 문득, 하늘에서 내 시선이 멈췄다.

'신이란 게 존재할 리도 없고.'

만약 그런 신이 있다면, 사일러드의 편이라는 게 아닌가?

내가 애써 없애려고 했던 놈을 영혼만 덩그러니 남아서 살아남게 했으니까.

이 해답 모를 문제를 두고 계속 씨름하고 있다고 한들, 나아질 게 아무것도 없다.

결정적으로 이런 현상이 생긴 원인 자체를 모르는데, 어떻게 해결 방안을 찾을까?

그렇다고 사일러드의 영혼은 방치할 수 없으니 난 한 가지 응급처치를 했다.

난 나무 하나를 소환했다.

내가 소환한 나무는 본교 정원에 있는 영롱의 나무와 똑같이 생긴 그 나무다.

"이 나무는……."

사일러드도 모를 리가 없는 나무였다.

아니, 영롱의 나무는 마법사 중에 모르는 사람이 없다.

타일런트가 대마법사가 되고 나서 본교에 진학한 적이 없는 신세대 마법사들이라면 모르는 게 당연하겠지만, 적어도 나와 사일러드같이 과거에서부터 오랫동안 존재했던 마법사들은 마법을 처음 배운 곳이 바로 지금의 본교이자 당시의 마법 학교다.

그렇기에 모르고 싶어도 모를 수가 없었다.

"옛날 생각 나나? 네가 순수하게 마법을 배웠던 때."

"이 나무를 왜 갑자기 여기에 만드는 거지, 아르키스 에이머? 무슨 의도로 하는 짓이냐고."

"뭐긴 뭐야, 네 새로운 감옥이지."

"……감옥?"

난 그 나무에다가 사일러드의 영혼을 가뒀다.

"네가 어떻게 영혼을 보존하게 된지는 모르겠지만…… 방치할 수 없잖아? 그랬다가 어떤 후폭풍이 올지 모르니까."

영롱의 나무는 사일러드를 가두자 본연의 색을 내뿜기 시작했다.

풍성하게 자리 잡은 나뭇잎에서 원소의 모든 색이 순차적으로 바뀌어 그러데이션을 이루는 그 본연의 색.

과거에 무지개 나무라고도 불렸던, 그 자체를 뽐내는 중이다.

하지만 본교 정원에 있는 영롱의 나무와는 많이 다르다.

일단, 이 나무는 내가 플레우드 비전력으로 만든 것.

본교 정원에 있는 영롱의 나무는 단순 조형물이라고 할 수 있다면, 이것은 실제로 사일러드를 가두기에 적합한 기능을 가진 나무다.

그리고 나무의 잎사귀들의 색.

만에 하나, 사일러드의 영혼이 다시 재기를 꿈꾸고 어떤 수작을 부리려고 든다면 저 나무의 잎사귀 색은 온통 검은색으로 변할 것이다.

애초에 이 세상이 플레우드 비전력으로 만든 곳이기에 사일러드는 아무런 원소 마법도 다룰 수 없지만, 그래도 혹시 모르는 일이기에 이중으로 안전장치를 만든 것뿐이다.

사일러드의 영혼이 어떤 이유로 보존되어 있는지 알 수 없었으니, 이것이라도 해야 했다.

사일러드의 영혼을 가두고 내가 앞으로 해야 할 일은 딱 하나.

바로 사일러드의 영혼이 어떻게 보존될 수 있었던 것인지 찾는 것이다.

그것을 찾게 되면 그 뒤로 사일러드의 영혼까지 완벽하게 소멸시킬 수 있다.

물론, 만에 하나 찾지 못한다고 하더라도 오랜 시간이 지나면 사일러드의 영혼은 저 속에서 자연스럽게 사라질 가능성도 있다.

사일러드는 이미 오랜 시간 존재했던 마법사.

마법사들은 가진 마력에 비례해 수명이 결정되곤 한다.

그러나 사일러드는 제아무리 강한 힘을 가졌어도, 존재했던 시기가 상당히 길다.

고로 그의 수명도 슬슬 끝이 보이는 중이라고 할 수 있었다.

'그런 걸 생각하니까 나도 안심할 순 없겠군.'

생각해 보니 내가 할 일은 하나가 더 늘었다.

사일러드처럼 나도 비록 몸이 바뀌었다곤 하나, 영혼은 과거로부터 시작돼 오래 살고 있다.

나도 강한 마력을 가졌다고 한들, 그만큼 소모한 마력도 있으니 자연스럽게 수명이 다하는 날이 언제 올지 모르는 일이다.

과연 사일러드의 수명이 먼저 끝날까, 아니면 내가 먼저 끝날까.

어느 쪽이건 후대의 마법사들이 피해를 입지 않게 준비하는 것도 앞으로 내가 해야 할 일에 추가되었다.

"지난날이라도 되돌아보고 있으라고, 사일러드. 네가 소멸되지 않은 건, 계획에 없던 일이지만 결과는 어차피 내 계획대로 됐으니까."

"네가 완벽하게 이겼다고 생각하는 거냐?"

"응. 그 증거로 넌 지금 거기에 갇혀 있잖아. 내가 말했지, 결과는 450년 전과 똑같을 거라고."

비록, 완벽하게 일치한 결과는 아니지만.

사일러드 상대로 승리를 거뒀으며, 그는 철문에 갇힌 것처럼 영롱의 나무에 갇히게 되었다.

반쪽짜리 승리이긴 하지만, 나머지 반쪽을 찾아서 빈 공간에 붙인다면, 온전한 승리가 되지 않겠는가?

난 이제 그것을 할 차례였다.

"네가 갇혔던 철문과는 많이 다를 거다."

영롱의 나무 주위, 일정한 반경에 잔디들을 깔았다.

이것은 정원을 가꾸기 위한 잔디가 아니다.

이 잔디들은 대지 원소를 이용해 만든 인위적인 자연.

즉, 곧 함정이라고 말할 수 있다.

혹시 허가받지 않은 누군가가 사일러드를 가둔 영롱의 나무로 접근하려고 할 때, 저 잔디는 공격 마법으로 변해 침입자를 차단할 것이다.

본교 지하에 있는 보관소처럼, 사일러드를 가둔 영롱의 나무도 권한이 있는 자만 출입할 수 있게 하기 위한 나의 의도다.

'이 세계는…… 순전히 사일러드를 가두는 데에만 활용하기엔 너무 아까운 곳이니까.'

내가 우리의 새로운 세상을 만들 때, 그곳을 오직 사일러드를 가두는 형태로만 사용할 생각은 처음부터 없었다.

어차피 이 세상이 좁은 곳도 아니고, 끝없이 팽창과 증식을 현재도 진행하는 중인데.

그런 넓고 유용한 세상을 사일러드의 감옥으로만 활용하기엔 너무 아까웠으니까.

그렇게 함정의 잔디들까지 전부 깐 뒤에, 난 마법 사회로 넘어갔다.

"에이머!"

내가 포털에서 나오자마자 가렌트가 나를 반겼다.

난 반사적으로 그들의 몸 상태를 살폈는데, 특별히 큰 부상은 없었다.

"내가 사일러드를 데리고 가자마자 안전해진 건가?"

그 많았던 신물, 그리고 정령들까지 갑자기 사라졌으니 이들이 이렇게 멀쩡한 모습이 아닐까 싶었다.

"음…… 그건 아니야. 정령은 네가 사일러드를 데리고 가고 나서도 고스란히 남았어."

"……그래? 그 말은 신물들은 그 순간 사라졌다는 거고?"

그러자 가렌트는 고개를 끄덕였다.

정말 정령 마법이란 건 얼마나 강한 마법일까.

사일러드를 다른 세계로 끌고 감으로써 주인을 잃었는데도, 멀쩡히 존재하는 마법이라니.

'세상엔 아직 모르는 게 너무 많아.'

사일러드가 다루는 필살기, 정령 마법.

그리고 갑자기 영혼이 보존된 사일러드.

대마법사인 나도 모르는 일이 많다는 것은, 그 비밀을 캐낼 수 있는 곳이 어딘가 분명히 있다는 뜻이 아니겠는가?

그것을 찾아야만 했다.

"하지만 그 후에 정령들이 갑자기 스스로 사라졌어. 그럼 이제 다 끝난 거지, 에이머?"

가렌트가 기쁘게 내 어깨를 감싸며 물었다.

"……."

하지만 시원한 답은 할 수 없었다.

제2의 삶

"표정이 왜 그래……?"

석연찮은 내 감정을 읽은 가렌트가 물었다.

"설마, 안 끝난 거야? 정령들은 알아서 사라졌는데……?"

분명히 강적인 정령이 스스로 제 모습을 감췄는데, 무슨 어떻게 사일러드가 멀쩡하냐는 질문이다.

"아니, 끝이 난 건 맞는데……."

이에 난 볼을 긁적이며 자신 없게 답했다.

"도대체 뭔데?"

"나도 뭐가 뭔지 모르겠으니까 그러는 거지."

"……네가 모르면 누가 알아?"

가렌트도 답답할 거다.

사일러드의 영혼이 온전한 이유를 아직 밝혀낼 수 없는 상태니까.

이럴 땐 역시 말로 설명하는 것보다 직접 그 현상을 보여주는 게 옳다고 판단됐다.

난 새롭게 만든 세상으로 가는 포털을 열었다.

"너희들 눈으로 직접 확인해라. 난…… 모르겠다."

그 말만 남기고 따라오라는 뜻으로 나 먼저 포털로 들어갔다.

그 뒤를 가렌트, 드레드, 트레샤가 이었다.

"……뭐냐, 분위기에 어울리지 않은 이 공들인 정원은?"

"……저 나무는 영롱의 나무 아닙니까, 아르키스 님?"

"우와…….."

우린 지금 정확히 정원 안이 아닌, 정원의 입구에 서 있다.

가렌트는 표정을 찌푸렸고, 트레샤는 무덤덤했으며, 드레드는 그저 모든 게 신기해했다.

그리고 가렌트가 말한 분위기에 어울리지 않다는 말.

조금 전까지 사일러드와 목숨 걸고 싸운 장소인데, 어째서 싸움이 끝난 뒤에 저런 장식물이라고 볼 수 있는 정원이 존재하느냐는 거였다.

"공들인 게 맞긴 한데…… 단순히 꾸미려고 만든 정원은 아니라서."

"……그럼?"

"잔디에 가까이 가 봐."

가렌트는 고개를 갸웃하며 잔디에 접근했을 때다.

촤라라라락-!

잔디는 가렌트의 키보다도 높게 뻗은 수풀로 변하며 한 줄기, 한 줄기가 몸을 분해시키고도 남을 날카로운 칼날로 변했다.

"뭐야, 이거?"

"사일러드의 감옥. 너와 내가 과거에 꼭대기에서 지키던 철문이 정원으로 바뀌었다고 보면 돼."

"……사일러드의 감옥이라니? 죽은 거 아니야?"

이제 셋은 그 사실에 집중했다.

"……그렇다."

"아니, 왜 안 죽였어?"

이번 질문도 틀렸다.

정확히 말하면 난 분명히 죽이려고 했는데 사일러드가 어떤 이유인지 모르겠지만, 죽일 수 없는 상태였으니까.

그의 신체는 완벽하게 소멸했지만, 영혼은 너무나도 멀쩡한 상태다.

상처 하나 입힐 수 없다는 뜻처럼 다가왔다.

사일러드가 스스로 어떤 마법을 구현한 것도 아닌데 이런 일이 어떻게 가능할까 싶다.

어쩌면…… 그만큼 살고자 하는 집념이 내가 생각한 것보다 훨씬 강했을지도 모른다.

물론, 강한 집념만 있다고 저런 현상이 가능했을 리는 없다.

영롱의 나무를 가리키며 모든 걸 설명해 줬다.

"……여긴 우리가 만든 세상이잖아? 그거 영혼 쪼개는 마법도 결국엔 원소 마법이라 사용 못 하는 거 아냐?"

가렌트는 중요한 것을 여전히 잊지 않았다.

"맞아. 그런데도 영혼이 멀쩡해서 일단 저렇게 가둬 놓은 거야."

"아니…… 이게 어떻게 가능한 건데…….'"

"그래서 이제부터 찾아보려고. 어떻게 저런 게 가능할 수 있었는지."

"찾을 수 있긴 해?"

"찾다 보면 해답이 나오겠지."

솔직히 말하면 확신은 없다.

그러나 무엇이 근거인지는 모르겠지만, 자신감은 확실히 있었다.

스승님이 사일러드를 제압하기 위해 어디에 있는지도 모

르는 고대 마법사를 찾기 위해 시간을 허비하다시피 투자했던 것처럼, 나도 그렇게 하다 보면 어디선가 찾을 수 있을 거란 느낌이 강하게 들었다.

"아르키스 님."

이번엔 트레샤가 제법 경직된 표정으로 물었다.

"왜?"

"그래도…… 사일러드가 활동 못 하는 건 확실한 거겠죠?"

"그게 가능했다면 진즉에 저 나무에서 빠져나오지 않았을까?"

무지갯빛의 잎사귀도 꼭대기에 있던 봉인석과 똑같은 것이라 보면 된다고 설명했다.

그럴 리는 없겠지만 사일러드가 만에 하나 마법적인 힘을 내려고 할 때 저 잎사귀가 전부 검은색으로 변하니, 우리가 모르는 사이 수작을 부리는 일은 불가능하다는 얘기였다.

"그럼, 꼭대기 때처럼 천천히 사일러드의 힘을 흡수하는 건가요? 그렇게 힘을 전부 흡수했을 때 완벽히 소멸시키는, 그런 방식입니까?"

"……아니."

아쉽게도 그건 아니다.

난 저 영롱의 나무를 단순한 봉인의 용도로만 만들어 놓은 것이다.

스승님이 만들었던 그 절묘한 철문처럼, 사일러드의 힘을 흡수해 모으는, 그런 장치는 없다.

그럴 수밖에 없는 결정적인 이유가 하나 있다.

스승님처럼 똑같이 만들려면 얼마든지 만들 수 있지만…….

생각해 봐라.

사일러드는 무려 비전력으로 만든 플레우드 마검에 찔린 놈이다.

그런데 자신도 의도한 게 아닌데 영혼이 보존되어 있는, 말 그대로 초월적인 현상을 일으켰다.

그런 사일러드의 영혼을, 스승님이 만드셨던 철문처럼 그의 힘을 차곡차곡 흡수하는 어느 투영체를 설치한 뒤에 부순다고 한들 그의 영혼이 말끔하게 사라질까?

근본적으로 이런 현상이 일어난 이유를 알아야 그의 영혼도 완벽하게 잠재울 수 있다고 판단했다.

그래서 단순히 가두는 용도로만 만든 것이다.

사일러드에게 일어난 비밀을 풀지 못하는 한, 전부 의미가 없는 일이라고 여겨졌기 때문이다.

"아…… 확실히 그렇겠습니다."

트레샤는 충분히 납득했다.

가렌트가 다시 이었다.

"어쨌든…… 끝이 난 건 맞지?"

"맞긴 한데, 반쪽짜리 끝이라고 해야 하나…….”

"반쪽이라……. 어째 요즘 들어 자주 듣는 느낌이긴 하지만, 그래도 아예 끝나지 않은 것보단 나을 거 아냐."

"그렇지."

"그래서 이제 계획은 뭔데? 너도 생각 없이 사일러드를 그저 가두기만 하진 않았을 거 아냐."

"물론이지."

가렌트와 눈을 맞췄다.

"그 자신감 있는 눈빛, 다 생각한 게 있다는 뜻으로 보이는데."

"잘 봤네. 싸움이 끝났다고 우리 한가해지는 거 아니다. 당분간 계속 바쁠 거야."

"적이 없이 우리끼리 혼자 바쁜 거라면 환영이다."

가렌트의 말은 바쁜 이유가 특정한 적을 상대하기 위해 준비하는 거라면 이젠 사양이지만, 그렇지 않고 우리끼리 무언가를 해내기 위함이라면 얼마든지 좋다는 뜻이다.

"내려가자, 밑의 세계로."

사일러드는 그래도 믿을 수 있는 곳에 봉인한 상태다.

더군다나 그가 갇힌 영롱의 나무.

그리고 이 세상.

전부 내 플레우드 비전력으로 만들어진 곳이기에 스승님이 만드셨던 철문보다는 기능적으로 몇 배, 혹은 몇십 배나 뛰어난 것은 틀림이 없다.

따라서 우리가 서둘러 행해야 할 것들을 근심 없이 편안한 마음으로 행할 수 있다는 뜻이다.

난 이제 셋을 데리고 밑의 세계로 향했다.

조각사와 친위대가 있는 그곳으로.

"하늘이⋯⋯."

밑의 세계에 있던 조각사와 친위대는 다시 찾아온 하늘의 변화를 지켜보던 중이다.

이번 변화는 그저 신기했다.

불타는 검은 반점이 사라지고, 마법 사회가 있는 위의 세계는 본래의 모습으로 돌아온 것까지 확인했을 때.

이 전투가 완전히 끝이 났음을 직감했다.

그런데 이번에 찾아온 변화는, 바로 조각사와 에이머가 함께 만든 세상이 무지갯빛으로 변한 것이다.

"본교 정원에 있는 나무 잎사귀 색과 똑같군."

그 자리에서 그 색의 특징을 알고 있는 유일한 사람.

바로 루스 알프릭이다.

에이머가 대마법사 시절부터 친위대 신분으로 그를 보좌했고, 제단에서 나오는 사일러드의 몬스터로부터 학생들을 지키기 위해 일했던 알프릭.

정원은 하루에도 수도 없이 드나들었던 곳이다.

"……본교 정원에 있는 나무면 그 앙상한 나무요?"

그러던 중 케이가 물었다.

그 순간, 알프릭은 표정을 조금 찌푸렸다.

"아, 죄송합니다."

알프릭은 그래도 여전히 좀생이 같은 성격을 가지고 있는 게, 케이가 말할 때마다 늘 저런 못마땅한 표정이다.

이유도 역시 유치하다.

케이가 어둠 원소사라서 그렇다.

케이에게 악감정은 없지만, 워낙 어둠 원소의 시대에서 당한 게 많았던 알프릭인지라 쉽게 저런 반응을 벗어던질 수 없었던 탓이다.

"원래 그 나무의 색이라니요?"

눈치껏, 클레어가 대신 물었다.

어둠 원소사인 케이보단 물 원소사인 자신이 말하는 게 훨씬 나을 거라 판단한 질문이다.

"너희가 정원에서 봤던 그 나무는 본래의 모습이 아니니까. 타일런트가 대마법사가 되고 나서 그렇게 앙상하게 변한 거지, 원래는 저런 빛을 가진 무성한 잎사귀가 있었어."

그들이 영롱의 나무 본연의 색을 모르는 것도 당연하다.

본교에 입학했던 시기가 이미 영롱의 나무의 색이 변한 뒤였으니, 본래의 모습이 어땠는지 알아낼 재간이 없었으니까.

"저게 본래의 색이라⋯⋯."

"응, 그 색의 의미는 모든 원소를 차별 없이 포용하겠다는 뜻이기도 하지."

정원에서 봤던 그 앙상한 나무에 그런 깊은 뜻이 있을 줄은 정말 상상도 못 했다.

"그런데 왜 아르키스 님이 만든 세상에서 저런 빛이 나는 걸까? 그게 궁금하네. 일부러 그러신 걸까?"

마법사들끼리의 추측이 난무할 때.

무지갯빛 세상에서 네 명의 남자가 모습을 드러냈다.

아르키스 에이머, 가렌트, 드레드.

그리고 라무스 트레샤.

특히 아르키스 에이머가 모습을 드러냈을 때.

밑의 세계에 있던 조각사와 친위대는 가렌트가 등장했을 때와는 다르게 느껴졌다.

가렌트가 등장했을 땐 영웅의 출현으로 보였지만, 지금 에이머가 무지갯빛 세상에서 모습을 드러내고 천천히 공터로 내려오는 이 순간에는 꼭, 신의 강림처럼 보였기 때문이다.

'후광이⋯⋯ 보이는군요, 아르키스 님.'

게다가 그들의 뒤에 있는 빛나는 무지갯빛 때문에 후광 효과가 절로 났다.

그렇게 공터에 안착한 아르키스 에이머.

그가 모두에게 물었다.

"크게 다치거나 죽은 사람, 없지?"

그리고 그는 밑의 세계에 있는 자들을 전부 눈으로 살폈다.

검사들은 경미한 부상이 있긴 하지만, 죽거나 크게 다친 사람은 없었다.

"아르키스 님! 끝인가요?"

델세르가 다급하게 달려오며 물었다.

"응, 끝났어. 완전히는 아니지만."

"……완전히는 아니라뇨?"

"그거 설명하려고 내려왔다. 전부 의회로 모여."

의회에 전투에 참가했던 모두가 모였다.

의회에 모인 그들의 표정은 다들 혼란스러웠다.

사일러드와의 전투가 끝이 났으면 경사스러운 일인데.

그들은 직감적으로 알고 있는 것이다.

'뭔가 뜻대로 되지 않은 게 있구나. 심각한 건가?'

다들 이런 추측을 하고 있을 때였다.

난 사일러드에게 일어난 일을 설명했고.

그의 영혼을 가두려고 영롱의 나무를 만들었다.

그리고 밑의 세계에서 바라봤을 때, 우리가 만든 세상이 무지갯빛인 이유가 바로 우리가 만든 세상에 있는 영롱의 나무 때문이라고 설명한 뒤였다.

"그래서…… 이제 어떻게 하시려고요?"

델세르가 나서서 물었다.

"어쩌긴. 사일러드에게 일어난 현상의 비밀을 풂과 동시에."

"……동시에?"

"우리가 있던 무너진 세상을 다시 일으켜 세워야지."

"그 말씀은……?"

"마법 사회와 검사 사회의 재건."

난 처음부터 사일러드를 없애면, 세상을 정상으로 돌릴 생각이었다.

그리고 이것이 그 첫 번째 작업이다.

내가 말한 마법 사회와 검사 사회의 재건이란.

아주 단순하다.

우리는 타일런트와 사일러드에 의해서 반강제적으로 밑의 세계에 내려와 반격을 도모했고.

오늘 비록 반쪽이긴 하지만, 성공했다.

그곳은 본래 우리가 주인이었던 세상이었고, 타일런트와 사일러드는 그저 반역자에 지나지 않는다.

주인이 제자리를 찾아가자는 뜻이었다.

"학교들을 다시 활성화해야지. 마법 사회건, 검사 사회건."

특히나 검사들은 그 수가 상당히 많이 줄었다.

마법사들이야 분교와 본교의 학생들 대다수가 살아남았으니 온전하다고 볼 수 있지만, 검사들은 처참할 정도의 수를 보유하고 있으니까.

그런 학교를 재건하고, 풋내기 검사와 마법사 들을 양성하기 시작하자는 뜻이었다.

하지만 다들 표정이 시원하진 않았다.

"왜들 그래? 사일러드가 완벽히 사라진 게 아니라서?"

내 물음에 그들은 고개를 끄덕였다.

세상이 완벽히 평화로운 것도 아닌데.

이런 상황에서 세상을 재건하는 것이 과연 옳은 일일까?

이렇게들 생각하는 게 뻔했다.

"뭘 걱정하는지 알겠는데, 난 그렇기에 더더욱 재건이 필요하다고 판단한다."

"이유는 무엇입니까?"

"정말 만에 하나 어떠한 이유로 인해 사일러드의 봉인이 깨지면, 그땐 내가 없을지도 모른다는 생각을 했으니까. 내가 없는 세상에서 사일러드를 마주했을 때, 과연 이 세상이 살아남을 수 있을까란 생각 때문이지."

"무슨 그런 무서운 말씀을……."

다들 그런 부정적인 생각은 말자는 표정들이었지만, 난 정말 진심으로 그렇게 생각했다.

사일러드가 가진 힘이 나보다 한참이나 강하다는 것.

그를 상대하면서 절실하게 느꼈다.

따라서 아무리 나보다 훨씬 전에 존재한 마법사라고 한들, 그의 수명보다 내 수명이 빨리 닳을지도 모르는 일이다.

물론 나와 사일러드가 존재한 시기의 차이가 너무 크니 어쩌면 운이 좋다면, 나와 사일러드가 동시에 사라질 수도 있지만.

인생이란 게 운에만 의존할 수 있는 그런 평탄한 것이 아니지 않은가?

만에 하나.

내가 사일러드보다 빨리 수명이 닳아, 사라진다고 가정해 보자.

그럼 우리가 만든 새로운 위의 세계는 플레우드 보주화의 기능을 잃고 평범한 세계로 돌아간다.

그때가 되면, 사일러드는 무조건 풀려난다.

내 계획은 그 전에 사일러드에게 일어난 일의 해답을 찾고 완벽히 그를 소멸시키는 것이지만, 그것이 실패했을 때도 염두에 둬야 했다.

그런 세상을 마주했을 때.

플레우드가 없는 상태에서 이 세상에 남은 후대들이 자력으로 사일러드에게 맞설 수 있는 힘을 가지게 해 줘야 했다.

바로 그것이 무너진 세상의 재건이다.

내가 그것들을 설명했을 때, 가렌트가 물었다.

"혹시 네가 재건하려는 목적이…… 마검사를 육성하기 위해서?"

"정답."

우리가 사일러드와 싸우면서 무조건 참담한 상황만 겪었나?

아니다.

검술과 마법의 결합체인 마검사라는 새로운 유형을 발견했고.

실제로 희대의 천재라 불리는 사일러드를 상대로도 상당한 효과를 거뒀다.

즉, 이러한 마검사들을 다수 보유한 세상이 된다면 사일러드가 다시 깨어나도 지금처럼 극악무도한 힘을 사용할 수 없을 거라는 게 내 판단이다.

마검사는 앞으로도 계속 나타날 것이다.

지금이야 우리에게 주어진 시간적 여유가 없기에 더는 찾으려고 하지 않다 보니 셋밖에 없었던 것뿐이다.

하지만 사일러드가 봉인된 지금이 절호의 기회.

마법 학교와 검사 사회를 재건하고, 활성화시키면서 일정 수준에 도달한 각 학교의 학생들을 마검사 전문 양성 학교로 진학시킨다.

이는 타일런트가 만들었던 분교, 본교의 방식을 비슷하게 차용한 것이라 할 수 있었다.

마법 학교와 검사 학교에서 졸업한 학생 중 엘리트를 따로 마검사 전문 양성 학교로 진학시키고 그곳에서 정말 마검사가 될 수 있는 재능을 가졌는지 판단해서 적합한 학생이 있으면 그들만 골라서 교육시키겠다는 생각이다.

"그래서 그런 결정을 내렸는데, 다들 어떤가?"

"나쁘진 않네, 마검사를 양성시키는 것……. 확실히, 그런 기반을 다져 놓으면 사일러드의 봉인이 풀린다고 하더라도 무섭지 않을 것 같네."

특히나 마검사의 힘을 제대로 느낀 가렌트는 상당히 긍정적이었다.

"그런데 아르키스 님, 전 한 가지 걱정스러운 게 있습니다."

알프릭이 나섰다.

"뭐지?"

"아르키스 님의 계획은 훌륭하다고 생각합니다. 후대를 위해서 기반을 다져 놓는 거니까요. 그런데 말입니다…… 저희가 이제 앞으로 양성할 학생 중에, 타일런트 같은 학생이 나오지 말란 법도 없는데. 그렇게 되면 어떡하죠?"

"역시 그게 문제인가."

알프릭의 걱정은 우리가 그렇게 기반을 다 다져 놓고 수명을 다해 전부 사라져 후대만 남았는데 사일러드만은 여전히 봉인된 상태일 때, 누군가가 사일러드의 힘을 탐내어 흡수하려 들어서 또 내전이 일어나면 어떡하냐는 것이다.

만약 그런 상황이 일어나면 그땐 마검사가 이 세상을 지킬 수 있는 유일한 무기가 아닌, 재앙으로 밀어 넣는 최악의 무기로 쉽게 탈바꿈되기 때문이다.

하지만 이에 대한 답은 정해져 있었다.

"무책임한 말로 들릴 수 있겠는데……."

그렇게 운을 띄우며 답을 이어 갔다.

"그건 우리가 염두에 둘 문제가 아니라고 생각한다."

"……예?"

"그 문제를 머리 아프게 여기고 생각하지 말자는 뜻이 아니야. 단순히…… 난 후대를 믿으니까 크게 신경 쓸 문제가 아니란 거지."

"후대를 믿어서요?"

"응. 후대에도 나나 너 그리고 여기에 있는 조각사, 친위대, 나아가…… 에타르 같은 녀석이 분명히 있지 않겠어?"

내 답에 의회는 갑자기 무거운 침묵이 감돌았다.

우리가 사라진 세상에서 후대들 중에 알프릭의 말대로 타일런트 같은 녀석?

분명히 나올 거다.

그러나 그런 녀석을 막기 위한 지금 우리와 같은 신념을 가진 자들도 무조건 나온다.

내가 이렇게 확신할 수 있었던 이유는 바로 칼리토 책에서 봤던 링킹들 때문이다.

두 개의 위의 세계를 처음 세운 초대 교장 선생님.

그분께서는 적까지 포용하기 위해 마법 학교를 설립하셨다.

그러나 초대 교장 선생님이 돌아가시고, 점점 마법 학교는 원소사와 소환사의 갈등이 심화되어 내전이 시작됐다.

그것을 넘어 사일러드가 존재했던 시기엔 검사와 마법사까지 싸우는 최악으로 치달았지만, 내 스승님은 다르지 않았던가?

사일러드를 막기 위해 믿을 수 있는 제자를 들이셨고, 그것이 나다.

이것이 단순히 스승님과 사일러드 사이에 개인적인 원한 때문인가?

아니다. 이 세상의 평화를 위해서 마땅히 해야 할 일이라고 생각하셨기 때문이다.

그리고 그런 스승님의 정신을 그대로 계승받아 타일런트는 물론 사일러드까지, 두 악랄한 마법사를 잠재운 것도 나다.

따라서 이 의식은 사라지지 않고 영원히 계승될 것이며 후대의 강한 마법사 중 누군가가 분명히 전수받을 거라 굳게 믿었다.

"후대의 일은 후대에게 맡긴다. 선대인 우리가 할 일은. 후대의 세상을 만들어 주는 일. 우리는 그것만 생각하자."

선대가 아무리 전지전능하다고 한들, 후대의 몇백 년, 몇천 년 뒤에 일어날 일 전부를 예측할 수는 없는 노릇이다.

따라서 우리는 기반만 만들어 놓고 후대에게 이 세상을 고스란히 물려주는 일을 행하면 계획은 전부 성공이다.

"따라서 공표한다. 조각사들 중 기존 가문의 마법사들은 재건할 마법 학교의 교사, 교수진이 될 거야. 옛날처럼."

난 옛날이란 말을 강조했다.

내게 옛날이란, 내가 대마법사가 되어 꼭대기를 지키던 그때를 말한다.

정말 학생들이 순수하게 마법만 배울 수 있도록 하던 그 시대를 재현할 것이다.

난 이제 가렌트를 쳐다봤다.

"가렌트 너도 검사 학교 쪽 재건을 도맡아 줘. 검사 학교는 네가 직접 담당해야 하지 않겠어?"

"물론이지. 걱정하지 말라고. 다들 원하던 결과였으니까."

검사들도 우리와 함께 싸우기 시작한 것이 잃어버린 자신들의 세계를 찾기 위함.

조금 늦긴 했지만, 지금 어엿하게 찾았으니.

친위대는 다들 기쁘게 받아들였다.

"아르키스 님."

이제 델세르가 물었다.

"응."

"그럼…… 다시 옛날처럼 마법 학교의 교장 선생님이 되시는 겁니까?"

상당히 기대에 찬 목소리다.

하지만 난 고개를 저었다.

"아니…… 왜요? 지금 대마법사는 아르키스 님이신데."

"말했잖아. 마검사 전문 육성 학교도 설립해야 한다고. 재건이 끝난 뒤에 나와 가렌트는 그곳의 교장으로 지낼 거야."

"나도?"

가렌트는 의아하게 물었지만, 난 일단 그의 질문은 무시했다.

델세르는 질문을 이었다.

"그럼…… 마법 학교의 교장 자리는 어쩌시게요?"

정말 걱정이 돼서 하는 질문으로 보였다.

난 답하기 전에, 슬쩍 델세르의 이마에 플레우드 마법을 붙여서 링킹으로 전환했다.

내가 보고 싶은 것은, 내가 없었던 밑의 세계에서 과연 델세르가 어떻게 조각사들을 지휘했는지였다.

델세르는 분명히 자신이 링킹을 당하고 있는 중임을 알면서도 저항하지 않았다.

오히려 보고 싶은 것을 마음껏 보라는 것처럼 느껴졌다.

"오호……."

그녀의 기억을 뒤지면서, 난 꽤 흥미로운 것들을 볼 수 있었다.

바로 보주화의 새로운 사용 용도.

링킹을 사용해 조각사와 친위대의 부담을 덜어 주고 싶은 욕구가 가득했지만, 링킹 사용법을 모르는 델세르는 보주화를 다른 용도로 사용했다.

바로 플레우드 보주화에 연결된 상태에서 단일 원소를 받으면, 그 단일 원소의 힘이 증폭되는 것.

플레우드는 모든 원소의 근간이자 결합체.

따라서 플레우드 속에 단일 원소 6개가 전부 모여 있다는 뜻이다.

델세르는 바로 그 원리를 파고들어 링킹을 사용해서 직접 마력을 나눠 주진 못하니, 임시방편으로 그렇게 사용한 것이었다.

이름조차 붙이지 못했을 정도로 급박하게 구현한 이 마법은 내가 보기에도 꽤 신기했다.

"델세르."

"네……!"

"뭐야, 내가 생각한 것보다 훨씬 잘했잖아……?"

진심으로 감탄하는 목소리를 냈다.

그러자 델세르는 얼굴이 조금 붉어졌다.

"이런 지도력과 결단력이라면…… 교장 자리도 나쁘지 않을 것 같은데? 조각사들은 어떤가? 델세르는 내가 없는 곳에서도 너희를 위해 무던한 노력을 한 것 같은데."

델세르가 단순히 같은 플레우드이고, 보주화를 사용할 수 있으며 나와 오랜 시간을 함께해서 밀어주는 게 아니다.

정말 냉정하게 판단하자면.

현재 조각사 중에서 델세르만큼 하는 마법사가 없기 때문이다.

따라서 난 델세르가 재건할 마법 학교의 새로운 교장이 되기에 충분한 자격을 갖췄다고 생각했다.

"아, 다들 오해할까 봐 미리 말하는데. 교장이 되었다고 해서 대마법사는 아니야. 내가 있는데 대마법사는 무슨. 교장이란, 그저 직책에 지나지 않는다."

난 그것을 강조했다.

"그게 아니더라도 전 좋았어요. 델세르 님 덕분에 부담이 덜어진 것도 사실이니까요!"

그때 해맑은 목소리 답했다.

2기 조각사들의 목소리다.

그들 중에 반대하는 이는 없었다.

"너희는?"

나는 1기 조각사들을 보며 물었다.

굳이 1기 조각사들에게 부담스러울 정도로 쳐다보며 물어본 이유.

2기 조각사들은 제대로 된 변별력이 없고, 감정에 치우친 선택일 수도 있었기 때문이다.

그들은 한때 아무것도 모르는 학생이었다.

마법 학교의 교장 자리란, 단순 마력으로만 판단하는 게 아니다.

마력은 기본으로 깔고 가야 하며 통솔력, 지도력 등등 그 모든 것이 아우러져야 비로소 오를 수 있는 자리다.

내가 링킹으로 델세르가 밑의 세계에서 어떻게 지휘했는지를 봤을 때는 충분하다고 판단했지만, 1기 조각사들은 나처럼 링킹을 사용할 수 있는 마법사들이 아니지 않은가?

따라서 밑의 세계에서 함께 사일러드의 신물과 맞섰을 때와 그 전부터 델세르가 보여 준 인품 등등, 모든 것을 고려했을 때 어떠냐는 것이다.

1기 조각사들의 인정이 비로소 제대로 된 변별력을 가진 인정이라고 볼 수 있으니까.

하지만 다들 말을 아꼈다.

특히 다른 사람의 눈치를 보며 말을 아낀 사람은 다름 아닌 바이스였다.

팔은 안으로 굽는 법이니, 자신은 여기에서 아무런 목소리를 내지 않는 것이 현명한 선택이라고 판단한 모양이다.

난 침묵 속에서 계속 기다렸다.

1기 조각사들의 진정한 답이 나올 때까지.

표정들을 살피니, 저마다 델세르가 재건한 마법 학교의 교장이 되었을 때를 상상하고 있는 듯했다.

긴 침묵 끝에, 먼저 입을 연 사람은 알프릭이었다.

"인정할 건 인정해야죠. 저도 똑같은 생각입니다. 마법 학교의 적합한 차기 교장 선생님은…… 델세르밖에 없단 생각이 드네요."

"이유는?"

"플레우드인 데다가 보주화까지 사용 가능해요."

"단지 그것뿐?"

조금 실망스럽다고 느껴질 때였다.

다른 사람도 아니고 내가 교장이었던 시절, 친위대로 학교를 관리한 적도 있는 녀석이 마력만 기준으로 삼은 것이 허탈했다.

"당연히 아니죠. 마법 학교의 교장 자리가 어떤 자리인데요. 마력만이 기준이 아니지 않습니까? 가주 심사와 동일하다고 보면 되는데요."

'역시, 내가 성급했구먼.'

"그래서, 결정적인 이유가 뭔데?"

"밑의 세계에 있으면서 델세르의 마법을 보고 느꼈어요. 어떻게든 우리에게 도움이 되려고 안간힘을 썼죠. 그런 상황에서 남을 돕는 마법을 구현할 수 있다는 자체가…… 이미 자격은 충분하지 않겠습니까. 다들, 나만 그렇게 생각하는 거야?"

알프릭은 훌륭한 답을 내놓은 뒤에, 1기 조각사들을 번갈아 가며 쳐다봤다.

루트, 임펠, 나일론, 니드, 트레샤 등등.

1기 조각사의 주요 마법사들은 전부 순차적으로 고개를 끄덕였다.

모두 인정한 순간이었다.

"좋아, 그럼 끝."

"아…… 아니……. 아무리 그래도 이렇게 갑자기 결정하다뇨. 그 중요한 자리를……."

하지만 당사자인 델세르는 아직도 얼떨떨한 듯하다.

"받아들여. 넌 이제 충분히 그럴 위치에 있으니까, 델세르."

"……."

델세르는 이제 내가 알던 6서클의 그 학생도 아니며.

에밋 가문의 한계에 부딪혀 허우적대던 마법사도 아니다.

델세르가 예전의 그런 마법사였다면, 지금 난 타일렀을 거다.

어떻게든 설득하고 용기를 주려고 했으니까.

하지만 이젠 델세르는 그런 수동적인 위치에 있는 사람이 아닌, 그의 위 단계.

능동적인 사람이 되었다.

그렇기에 난 그저 받아들이라고 짤막하게만 말한 것이었다.

"그래도 싫거나 부담스러우면 말하고. 마법 학교 교장 자리야…… 적합한 사람이 나올 때까지 임시로 맡을 사람은 여기에 얼마든지 있어."

대신 그런 충고를 빙자한 경고도 남겼다.

정말 자신을 돌이켜 봤을 때, 준비가 되지 않은 상태라면, 그 자리를 맡는 게 오히려 독일 수 있으니까.

델세르는 한참이나 고민했다.

아마 그녀 인생에서 지금 이 순간이 가장 심도 깊은 고민을 하는 중일 터다.

고민 끝에 그녀는 천천히 고개를 끄덕였다.

"맡겨 주세요. 아르키스 님이 제게 맡기신다는 건…… 말씀대로 제가 이젠 자격이 있다는 뜻이니까요. 받아들일게요."

"결정 났군. 오늘의 남은 시간은 휴식. 세부적인 건 재건을 전부 완료한 뒤에 세우자고. 재건은 내일 바로 시작하자."

"넵!"

"그리고 트레샤는 잠깐 남아."

"……저만요?"

트레샤만 의회에 남았을 때, 나는 자리를 옮겼다.

바로 검사의 거리에 있는 나의 작은 집이다.

"제가 아르키스 님의 댁에도 다 들어오고, 하하…… 영광입니다."

"내가 예전부터 가진 집도 아니고 임시로 머무는 곳인데 무슨. 그런 아부는 됐고, 앉아."

난 트레샤에게 차를 건네준 뒤 그와 함께 테이블에 마주보고 앉았다.

"저만 따로 보자고 한 이유가 무엇일까요?"

트레샤는 바로 본론으로 넘어갔다.

"너에게 맡길 게 있어서."

"……저한테요?"

여전히 의아한 표정이다.

필시 이런 생각이었을 거다.

도대체 무엇을 맡기려 하기에 자신을 지목한 것일까?

이미 재건할 학교의 교장을 델세르가 맡기로 확정 난 상태에서, 자신에게 맡길 일이란 게 내심 궁금한 표정이다.

"응. 내 생각에는 네가 제일 잘할 수 있을 것 같아서."

"일단…… 들어 보겠습니다."

"그래, 너랑은 얘기하기 쉽겠지. 우리가 새롭게 만든 세상에 사일러드를 가둔 나무를 직접 봤으니까."

"혹시…… 제게 맡길 일이 그것과 연관이 있는 겁니까?"

"응."

난 고개를 끄덕이며 답했다.

"말씀하세요."

"너도 봤다시피 정원으로 만들었잖아. 사일러드를 가둔 영롱의 나무가 있는 곳."

"그랬죠. 분위기랑은 어울리지 않게 너무 잘 가꿔졌다는 게 의아했지만."

트레샤는 차를 홀짝이며 답했다.

아직 뜨거운 상태라 입술이 데지 않게 천천히 찻잔을 기울이던 그때.

난 본론의 정체를 꺼냈다.

"그 정원, 네가 맡아서 관리해 줘라."

"……."

침묵은 아주 잠깐 우리 사이에 머물다가…….

"앗! 뜨거!"

트레샤가 찻잔 기울기를 조절하지 못해 뜨거운 차를 그대로 입술에 붓는 바람에 찻잔을 떨어트리며 깨졌다.

내 부탁이 그렇게도 충격적으로 다가온 모양이다.

자신이 하고 있는 행동을 잠시 잊을 정도로.

쨍그랑─!

트레샤가 떨어트린 차는 바닥에 부딪힌 순간, 그대로 박살 났다.

"죄송합니다, 아르키스 님."

트레샤는 다급히 찻잔 조각을 주우려고 했다.

"됐어. 놔둬."

난 플레우드 마법을 이용해 찻잔 조각을 전부 없애고, 새로운 찻잔을 꺼내 다시 한 잔 건넸다.

"왜…… 하필 접니까, 아르키스 님?"

"하기 싫어?"

"아니요. 하기 싫은 게 아니라…… 사일러드를 가둔 정원을 관리하는 일이라면…… 저보다 훨씬 믿음직스러운 사람이 맡아야 하는 게 아닌가 싶어서요."

그가 말한 '믿음직스러운'의 정의는 자신보다 강한 마법사가 해야 하는 게 아니냔 뜻이다.

그리고 그는 분명히 델세르를 가리킨 말이기도 하다.

"델세르가 더 낫지 않냐, 이걸 묻고 싶은 거지?"

"……네."

마지못해서 고개를 끄덕이는 느낌이다.

"델세르는 재건할 마법 학교의 교장으로 지내야지. 그리고 결정적으로…… 그 정원에 플레우드가 들어가선 안 돼.

너도 같이 상대해서 알잖아. 정령 때문에 플레우드가 독이
란 거."

"……아, 그랬죠."

그런 이유에서 플레우드가 정원 근처로 가면 안 된다고 판
단했다.

물론 우리가 만든 세상에선 플레우드를 제외한 원소 마법
은 사용할 수 없지만 정말 만에 하나, 혹시나 하는 것들을 사
전에 차단하고 싶은 마음이 커서다.

따라서 세 가지 원소의 정령을 다룰 수 있는 사일러드이기
에, 그곳을 지키는 마법사는 사일러드가 갖고 있지 않는 원
소사여야 한다는 게 나의 계산이다.

"그런 이유라면 저보단 알프릭이 더 낫지 않습니까? 상성
도 있는데……."

"사일러드가 예전처럼 어둠 원소만 가지고 있었다면 그랬
겠지."

"……아아."

사일러드는 이미 어둠을 제외하고 불과 바람까지 가지고
있기에 빛 원소와의 상성은 예전에 사라진 상태다.

그 세 가지 원소를 전부 가지고 있어도 상성에 밀리지 않
고 맞설 수 있는 원소.

현재로서는 대지 원소밖에 없다.

그래서 난 트레샤를 지목한 것이다.

"아니…… 그런데 그토록 중요한 곳이라면, 아르키스 님이 직접 관리하셔야 하는 게 아닌가 싶네요. 전 비전력도 사용할 수 없는 마법사인 데다가, 갇힌 마법사가 사일러드인데."

"나는…… 말했잖아, 재건이 완료되면 나만의 모험을 떠나야 한다고."

"……."

나도 그리고 싶은 마음이야 굴뚝이지만, 주어진 상황 때문에 내가 정원을 관리할 순 없었다.

바로 사일러드의 비밀을 풀기 위한 여정.

그것이 내겐 가장 중요한 일이었기 때문이다.

사일러드를 방치하는 것처럼 보이겠지만, 사일러드를 가둔 곳은 우리가 새롭게 만든 세상.

그렇기에 완벽까지는 아니더라도 어느 정도 안심은 할 수 있는 안전장치는 가득한 곳이다.

따라서 난 그런 여정을 떠나기 위해 잠시 자리를 비울 수 있다고 판단했다.

트레샤는 다시 고개를 갸웃했다.

"그런데 아르키스 님, 새롭게 설립하는 마검사 양성 학교의 교장이 되신다고 하지 않았습니까? 모험을 떠나시면…… 그 학교는 누가 맡고요?"

"마검사가 나만 있냐?"

"……가렌트 님에게 전부를 맡기시게요?"

"응. 잠시 동안은 그러려고. 가렌트도 훌륭한 마검사니까 새롭게 나타날 마검사들을 충분히 지도할 수 있다고 생각해."

"예…… 뭐, 학교 문제는 그렇게 넘긴다고 치지만. 제가 정말 궁금한 게 있는데, 그건 답을 꼭 듣고 싶네요."

"물어봐."

"뻔하죠. 그 정원을 맡는 게 왜 저인지요? 여태껏 하셨던 설명이 아닌, 다른 궁극적인 이유가 있는 것처럼 보이거든요."

난 그의 답에 피식 웃음이 다 나왔다.

트레샤도 본래 내 제자였던 시절에 생각보다 행동이 먼저 나가는 마법사의 대표라고 할 수 있었다.

예전의 스파클과는 다른 경우다.

스파클은 감정이 먼저 나가는 반면 트레샤는 말 그대로 행동이 먼저 나가는 것의 차이니까.

그런데 그런 트레샤가 지금은 꽤 심도 깊은 생각이란 걸 다 하고 있으니, 정말 세상이 많이 변했다는 걸 새삼 깨닫게 되었다.

"당연히 있지."

"네, 그거요. 그게 듣고 싶어요."

"내가 말했잖아. 그 정원에 깔린 잔디들, 베이스는 대지 원소야. 그리고 넌 뭔데?"

"……대지 원소 대표 가문의 가주죠?"

"바로 그거. 그래서 너한테 맡기는 거다. 널 그 정원을 관리하는 정원사로 임명하는 거지."

무시무시한 사일러드가 갇힌 정원.

그런 정원을 전적으로 도맡아야 하니 직책 이름으로는 정원사가 제일 어울렸다.

겉으로 보기엔 태평해 보이는 직책이긴 하지만…….

"그 뜻은, 거기에 깔아 놓은 아르키스 님의 마법을 제가 활용할 수 있도록 해 놓으시겠다는 거군요?"

"응. 링킹도 걸어 놓고 갈 수 있어. 네가 활용할 수 있도록 만들게. 너의 임무는 정원에 있으면서 불청객을 막는 거야."

언젠가 불청객이 나타날 수 있으니, 그것을 완벽히 차단하라는 임무를 부여한 것이다.

"저는 그럼 재건할 마법 학교의 교수진에서 빠지게 되는 걸까요?"

"아무래도…… 그래야할 것 같아. 그리고 마법 학교 교수진에는 네 자식들도 있잖아. 너까지 교수를 할 필요는 없을 것 같은데."

"그거야 그렇죠."

트레샤는 잠시 무언가를 곰곰이 생각하는 듯했다. 그러더니 번뜩이는 눈으로 물었다.

"아! 차라리 이렇게 하는 건 어떨까요?"

"어떻게?"

"제 가문이요. 차라리 그 정원에다가 만드는 거요!"

"……네 가문을 그 정원에다가 새롭게 만들겠다고?"

"네!"

그는 씩씩하고도 활기차며, 조금은 신이 난 목소리로 변했다.

그리고 그가 말하는 가문을 새롭게 만들겠다는 뜻은 부지(敷地)를 말하는 것이다.

그 전에는 마법사들의 가문 본가들은 전부 밑의 세계에 있었다.

그러나 트레샤는 그러지 않고 아예 본가를 새롭게 만든 세상에 새로 만들어 평생을 지키겠다는 굳은 일념으로 보였다.

"그렇게까진 안 해도 되긴 하는데……. 왜 그런 생각을 한 거야?"

"그 정원사라는 직책이요. 생각해 보니까 저에게만 국한된 임무가 아닌, 저희 가문 전체가 맡아야 할 임무라고 생각돼서요. 사일러드의 봉인이 깨지는 건 현시대에서 막아야 할 재앙이잖아요? 그러니 가문 전체가 합심해야 한다고 생각했습니다."

"라무스 가문의 본가가 위의 세계에 존재한다라……."

"허락해 주시렵니까?"

난 잠시 고민했다.

어딘가 걸리는 부분이 있어서 그런 게 아니다.

트레샤의 생각이 참 기특해서다.

그의 말대로, 라무스 가문 전체가 정원으로 옮기고 그곳에 새로운 본가를 세워, 가문 전체가 감시에 임해 준다면야 나야 든든하고도 고맙기 때문이다.

"허락은 무슨. 네가 하고 싶으면 그렇게 하는 거지."

난 그저 그렇게만 답했다.

"그래도 아르키스 님이 주인인 세상인데, 세상의 주인의 허락은 받아야죠."

"주인이 나이면 뭐 하냐. 어차피 거길 만든 건 우리들인데. 우리들의 세상이야. 네가 하고 싶은 대로 해."

"그럼 정해졌군요. 후후후."

트레샤는 진심으로 만족한 웃음소리를 냈다.

그러면서 술잔을 건배하듯, 찻잔을 내게 내밀었다.

"얘기도 잘 끝났으니, 느긋하게 담소나 나누실까요? 이렇게 아르키스 님과 둘이 있는 게 얼마 만인지 모르겠네요. 이런 여유 좀 느끼고 싶습니다."

그의 눈동자엔 진정성이 넘쳐흐르는 듯했다.

정말 그는 이런 시간을 살면서 계속 바라 왔다는 것이 느껴졌다.

'그러고 보니…… 저 녀석이 분교를 운영할 때도 테이블을 그렇게 만들었었지.'

언젠가 제자들이 다 같이 모여 식사라도 할 수 있는 날을 그리며 만들었던 그 테이블.

비록, 그 제자 중에 없어진 이들이 많았지만, 정말 그것이 트레샤가 진정으로 원하던 세상이었다.

그리고 지금.

그가 원하던 세상을 손에 쥔 것 같은 표정이다.

"그래."

난 나의 찻잔을 가볍게 부딪치며 정말 오래간만의 여유를 트레샤와 함께 보냈다.

어차피 내일 해가 뜨면, 우린 다시 바빠질 거니까.

지금 이런 여유를 즐긴다고 해서 나쁠 건 하나도 없지 않겠나.

루트와 릴은 은밀한 장소에 둘만 모였다.

그리고 릴은 심술궂은 표정으로 루트에게 말했다.

불만도 꽤 섞인 상태다.

그들은 현재 어떠한 문제를 두고 깊게 고민하는 중이다.

"언제 말할 거예요?"

"……뭘요?"

"'뭘요?'라니? 우리가 바라던 그런 세상이 왔지만, 우리 사이에 난관 하나 더 있는 거 정말 몰라서 그래요?"

"……아, 그거?"

"네! 그거요!"

"글쎄…… 어떡해야 할지 생각이 바로 서질 않네."

"……지금 그게 말이에요?"

아무래도 릴이 기대한 답이 이게 아니었나 보다.

그녀의 불만은 한층 더 두꺼워졌다.

"아니, 그 뜻이 아니라. 너무 빠른 게 아닌가 싶어서지."

"빠르긴 뭐가 빨라!"

루트는 입을 다물고, 혼자서 다양한 생각을 하던 중, 릴에게 말했다.

"이렇게 하는 거 어때요?"

드디어 어떤 결심을 내렸다고 생각된 릴은 표정이 밝게 변했다.

분명 저 결심은 자신이 원하던 답이 나올 거라는 기대를 잔뜩 안아서다.

"어떻게요."

"일단, 아르키스 님이 계획하신 무너진 세상의 재건을 완료하고 나서 다시 생각해 보자고요. 지금은 그게 먼저니까."

"푸후."

릴은 그의 답을 듣고 화를 추스르기 위해 콧김 소리가 훤히 들릴 정도로 숨을 강하게 내뱉었다.

루트도 뭔가 잘못됐음을 느끼고 즉시 답을 수정했다.

"조…… 좋아요! 재건이 완료되고 나서 말하지요!"

그러자 눈에 훤히 보였던 그 분노가 릴의 얼굴에서 말끔히 사라지고, 눈웃음이 자리 잡았다.

"정말이죠?"

"물론……이죠!"

"그런데 왜 더듬거리지? 혹시 억지로 답한 거거나, 아니면 시간 끌기용?"

"절대! 그런 건 아닙니다."

"뭐, 좋아요. 에드 가문은 약속을 잘 지키니까."

릴은 새끼손가락을 내밀었다.

루트도 자신의 새끼손가락을 걸고, 확실하게 약속했다.

"그럼요. 제 가문은 약속은 무조건 지킵니다. 죽어서라도."

"이런 상황에 그런 무서운 소리 하지 말고요. 이제 죽을 일도 없잖아요."

"……그러네."

빛을 받아 발생한 둘 사이에서 나온 두 개의 그림자.

어느덧 그 그림자들은 하나로 포개졌다.

다음 날 아침이 되었을 때.

우리의 재건 작업은 시작되었다.

분교는 이미 예전에 폐쇄했으니 굳이 손을 댈 것은 없었고 본교부터 재건하면 됐다.

무너진 웨이 포인트를 복구하는 작업엔 에드 가문의 마법사들이 나섰다.

아무래도 타일런트의 시대부터 에타르가 웨이 포인트를 따로 만드는 작업까지 했었으니, 그 노하우는 에드 가문 마법사들이 잘 알고 있었다.

따라서 웨이 포인트 복구에 나까지 나설 일은 없었다.

루트와 임펠은 각각 본교, 검사 학교로 찢어져 웨이 포인트 복구를 진행 중이다.

조각사들은 재건 작업이 한창일 때, 난 본교의 지하 보관소에 들렀다.

내가 앞에 선 곳은 바로……

"스승님."

스승님의 초상화 앞이다.

여전히 꾸벅꾸벅 졸고 계신 모습의 스승님.

하지만 전에 에타르와 왔을 때처럼, 날 보곤 휘둥그레지는 모습은 이제 없다.

스승님은 내가 오길 기다리며 초상화 속에 자신의 영혼을 가두셨고, 내게 칼리토 책을 건네준 뒤에 사라지셨다.

그래서 그런 이상 현상이 일어나지 않은 것뿐이다.

스승님의 초상화는 내가 아는, 평범한 그런 초상화로 돌아와 있었다.

시선을 옆쪽으로 돌렸다.

'제9대 교장 아르키스 에이머'

명패만 있을 뿐, 내용물은 텅 빈 내 자리.

이제 저 빈 자리에 나를 채워 넣어야 했다.

'잘됐네. 어차피 재건할 학교의 교장은 델세르가 되니까. 임명식 할 때 같이 끼워 넣으면 되겠어.'

그때 모브가 울렸다.

─어디 계세요?

트레샤에게서 온 메시지다.

트레샤와 나는 밑의 세계 공터에서 다시 만났다.

그런데 트레샤는 자신만 온 게 아니라 라무스 가문 마법사 전체를 이끌고 왔다.

"왜 불렀어?"

"왜긴요. 저희 본가, 세우러 가려고요."

"아, 그래야지."

아직 정식 웨이 포인트가 복구되기 전이니 움직이려면 내가 길을 열어 줘야만 했다.

그렇게 새롭게 만든 세상으로 가는 포털을 열고 라무스 가문의 마법사들과 함께 도착했다.

도착하자마자 나온 것은 바로 사일러드를 가둔 정원.

아직 이 세상을 제대로 꾸미기 전이기에 이 세상에 존재하는 것은 저 정원 하나밖에 없다.

라무스 가문 마법사들은 바로 본가 세우기 작업에 착수했다.

그들의 계획은 이렇다.

사일러드가 있는 정원 주위를 울타리 치듯이, 라무스 가문 본가를 세운다.

작업을 진행하는 것을 보니 가문의 크기도 만만찮게 크게 만드는 중이다.

난 라무스 가문 마법사들의 작업을 지켜보며, 사일러드를 가둔 영롱의 나무 앞에 섰다.

"지금 뭘 하는 거지, 아르키스 에이머?"

그때, 사일러드가 나무 속에서 물었다.

"널 감시할 자들이지."

"플레우드도 아닌 것들이 나를 감시한다고? 당치도 않군."

갇혀 있는 주제에 목소리에는 힘이 잔뜩 들어가 있는 사일러드.

감히 위대한 자신을 플레우드도 아니며, 그렇다고 대마법사급의 마법사도 아닌 녀석들이 감시한다는 것을 비참하게 느끼고 있는 듯했다.

난 이참에 사일러드의 기를 확실하게 죽일 생각으로 사담 하나를 늘였다.

"사일러드, 만에 하나 말이다. 너의 봉인이 깨졌을 때 그때 다시 날뛸 수 있단 생각은 버려. 상황이 다를 거니까. 이제 네가 설 곳은 어디에도 없어."

"갑자기 무슨 헛소리인가 싶군."

"헛소리가 아니라 협박으로 해 두지. 어차피 봉인이 깨질 일도 없긴 하겠지만."

"뭘 믿고 그렇게 자신만만하지? 너도 이 세상이 없으면 나한테 아무것도 되지도 않는 녀석일 뿐이면서. 벌써 잊었나? 넌 정령 앞에선 신하일 뿐이야."

여전히 그는 패인을 새로 만든 이 세상 때문이라고 여겼다.

정말 진심으로 이것만 없었다면 자신이 이겼을 거란 착각

속에서 허우적대는 중이다.

"그렇다고 너를 파훼할 방법이 아예 없는 것도 아니잖아? 잊었나?"

난 마검을 소환해 사일러드에게 보여 줬다.

"……."

그러자 그는 입을 꾹 다물었다.

방금까지 자신만만했던 그 목소리가 갑자기 침묵을 지키니, 효과는 확실했다.

"그리고 이 세상에 들어설 것이 저들의 가문만 있는 건 아니거든. 나와 같은 마검사가 네가 다루는 신물처럼 많아진다면, 아무리 너라도 힘들지 않겠나?"

"……나 하나 잡겠다고 마검사를 육성하는 기관을 만들겠단 거냐?"

그의 목소리는 이제 조금 떨렸다.

확실히, 자신에게 대항할 수 있는 유일한 수단이 마검사이니 사일러드도 그것만은 경계해야 했는데, 그럴 수 없기에 참담할 것이다.

"왜? 무섭나?"

나와 가렌트가 그를 제압하러 갔을 때도 그는 마검을 손에 쥐지 못하게 하는 강수를 둘 정도로 그에게 있어서는 두려운 존재였던 마검사.

그런 마검사가 그가 다루는 신물처럼 많아진다면 그의 봉인이 깨져도 크게 걱정할 것은 없는 게 확실하다.

"역시 너도 원소사일 뿐이야."

그런데 사일러드는 조금 뜬금없는 답을 뱉었다.

이젠 그의 목소리에선 경멸까지 느낄 수 있었다.

그는 이어 말했다.

"결국, 네가 만든 세상에서도 주를 이루는 건 원소사들이군. 팔은 안으로 굽는다더니. 과거의 마법사들처럼 소환사를 배척하는 정신을 그대로 이어받은 거냐?"

'어이가 없군.'

마검사는 원소사와 검사의 결합체.

사일러드는 그런 마검사를 육성하겠단 말에 소환사를 여전히 배척한다고 느낀 모양이다.

"내가 그렇게 두렵나, 이렇게까지 해서 소환사를 배척하려고 하는 건가?"

이젠 도리어 그가 나를 협박하기 시작했다.

"뭔가 착각하고 있는 것 같은데, 사일러드."

하지만 이에 대한 답은 내게 분명히 있다.

지금 사일러드가 생각하는 것처럼, 난 소환사를 배척하려는 게 아니다.

난 팔짱을 끼며 사나운 눈초리로 나무를 바라봤다.

나무엔 눈이 없어도 사일러드는 분명하게 내 모습을 볼 수 있으니까.

"현시대에 남아 있는 소환사 중에 남을 지도할 수 있을 정도로 성장한 소환사가 없는 게 문제지. 단순히 너 때문에 소환사를 배척한 게 아니라고."

이것이 가장 결정적인 이유였다.

이미 과거로부터 소환사에 대한 시선이 좋지 않았는데, 사일러드가 크게 한바탕하는 바람에 소환사는 전문적인 교육도 제대로 받을 수 없는 지경에 이르렀다.

2기 조각사 중에서도 소환사가 몇 있긴 하지만, 결정적으로 교사가 될 수 있는 수준의 소환사가 없는 게 가장 큰 문제다.

"네가 삐뚤어지지만 않았다면, 소환사 전문학교를 설립할 수 있었는데, 네가 모든 것을 망친 거잖아."

난 그의 과거를 들먹이며 일침을 놨다.

재건

"위선 떨지 마라. 언제는 못 죽여서 안달이었던 게 도리어 지금은 인자하고 아쉬운 척을 해?"

하지만 사일러드는 꿈쩍도 하지 않았다.

나 역시도 이런 말이 사일러드에게 통할 거란 생각도 하지 않았지만.

그래도 내가 뱉은 말엔 진심이 섞여 있다.

난 소환사를 배척하고 싶은 마음이 없다.

과거 사일러드가 악행을 저질렀단 이유로 소환사가 설 자리가 멸망하다시피 없어진 것에 대해 통감했던 나다.

물론, 이것 역시 사일러드는 모르는 사실.

내가 소환사를 배척하지 않은 이유는 간단하다.

소환사에게도 분명히 배울 것이 있으니까.

바로 사일러드가 다루는 정령 마법이 그 일례다.

마법 사회에선 존재할 수 없는 마법이라 정의했지만, 완벽하게 틀렸다.

따라서 마법사들도 모르는 경지인 소환 마법.

그 미지의 경지를 알아낼 수 있는 건 소환사밖에 없다.

사일러드에겐 일부러 이 말을 하지 않았다.

왜냐, 돌아올 답은 뻔하기 때문이다.

'그렇다면 넌 정령 마법을 내가 보여 주지 않았다면 소환사를 육성할 생각도 없었겠군.'이라고.

반은 맞고 반은 틀린 답이라 할 수 있다.

어쨌건 소환사가 정령 마법을 다루려면 원소 마법도 구사할 줄 아는, 더블 캐스터가 되어야 한다는 점도 있을뿐더러 그간 마법 사회는 소환사가 어떤 힘을 가졌는지 아예 몰랐다.

나 역시도 그건 마찬가지다.

즉, 입증된 무언가가 없기 때문에 육성에 큰 힘을 쓰지 않았던 것뿐이었다.

하지만 이젠 상황이 달라졌다.

소환사에게도 충분한 재능의 경지가 있었고, 비전력만큼이나 귀한 경지를 보유했다.

그렇기에 소환사를 보다 많이, 전문적으로 배출하며 오랜 시간을 투자해야 알아낼 수 있는데, 문제도 역시 많다.

내가 아무리 대마법사라고 하더라도 소환 마법을 모른다는 점.

그리고 현시대에 남은 소환사들은 그 수가 검사들보다도 적으며, 그마저도 학생 수준인데도 이들을 지도할 수 있는 사람이 없다는 것이다.

현시대에서 남은 소환사는 딱 두 가지 분류다.

첫 번째는 분교에서 소환 과목을 가르치던 교사.

두 번째는 본교에 적게나마 있던 소환사 중 살아남은 학생들.

누군가를 가르치기도 애매하고, 그렇다고 혼자서 연구하기에도 애매한 그런 이도저도 아닌 소환사.

난 소환사라고 해서 다 같이 사일러드처럼 될 것이라곤 절대 생각하지 않는다.

원소사 중에서도 뜻을 거스르는 녀석은 얼마든지 많았다.

대표적인 마법사가 타일런트였을 뿐이지.

즉, 소환사라는 이유로 배척하는 건 꼭 없어져야 할 폐단이다.

정말 사일러드가 훌륭한 선생님이 될 수 있는 재목이지만, 그거 하나만 믿고 이 녀석을 풀어 줄 수도 없는 노릇이기에 재건 과정에서 소환사는 잠시 제외한 것뿐이다.

"마음대로 생각해. 스승님을 닮은 소환사가 나타나면 난 그렇게 할 거니까."

처음부터 사일러드를 설득하고, 교화시킬 생각 따윈 없었다.

그저 내 생각이 이랬으나, 네가 내린 결정으로 인해 모든 것을 잃었다는 걸 강조하고 싶었을 뿐이다.

구태여 애써 가둔 사일러드를 다시 꺼낼 수는 없는 노릇이니까.

'이건 시간이 해결해 줄 문제군.'

난 이제부터 나타날 소환사 중에 제발 그런 재능을 겸비한 소환사가 나오길 기도할 뿐이었다.

그렇게 사일러드와의 대화는 끝이 났고 그와 나는 침묵을 지키며, 라무스 가문이 세워지는 과정을 그저 묵묵히 지켜 봤다.

재건 작업에는 예상보다 오랜 시간이 걸렸다.

걸린 일수로만 치면 약 50일.

한 달은 조금 넘으며 두 달은 채 되지 않는 기간이다.

그 시간 끝에, 무너졌던 두 세상은 완벽하게 예전의 모습으로 돌아왔다.

특히 마법 학교.

이제 본교란 말은 없다.

내가 대마법사를 지냈을 때처럼, 마법 학교는 딱 한 군데만 존재하도록 만들었다.

마법 학교는 재건이 되자마자 곧장 작업에 착수했다.

작업이라 하면, 학생들을 다시 입학시키고 지도하도록 할 수 있게 만드는 것이다.

그렇기에 오늘은 의회가 아닌, 재건한 마법 학교 입구에 모였다.

마법사들만 있는 게 아닌, 검사들과 심지어 평민 몇몇도 함께 온 날이다.

저 평민이 오늘 해야 할 일이 있기 때문이다.

"조각사는 오늘부로 해체네."

타일런트에게 대항하기 위해서 만들었던 에타르의 비밀 조직.

그러나 구성원은 이제 예전처럼 누군가와 싸우기 위해 존재하는 게 아니다.

그 목적성이 바뀌었다.

이제는 누군가를 가르치기 위해서다.

그렇게 2기 조각사들은 다시 학생 신분으로 돌아갔다.

물론, 그들의 수준은 이미 검증되었기에 마법 학교의 6클래스.

그중에서도 졸업반에 속하게 되었다.

조각사의 해체는 누구도 반발하지 않았다.

오히려 기분 좋은 해체라고 할 수 있었다.

"시작하자. 델세르, 앞으로 나와."

우리가 시작할 것은 바로 델세르의 임명식.

9대 교장인 내가 10대 교장의 직위를 넘겨주는 일이다.

바로 오늘 이곳에 온 평민이 나와 델세르의 초상화를 그리기 위해 온 이들이다.

이미 이 시대에는 과거의 방식을 아는 사람이 전부 사라졌다.

그렇기에 임명식을 진행하는 과정이나 준비할 것들 등등.

전부 나만 알고 있는 것이기에 내가 아는 방식 그대로로 진행했다.

나와 델세르가 나란히 서자, 함께 온 평민은 열심히 초상화를 그렸다.

그러던 중에 가렌트가 뒤로 조용히 다가와 물었다.

"너희, 초상화 보관소에 걸리는 거 아냐?"

"맞지. 왜?"

"……그런데 저 평민이 그리는 초상화의 크기가 너무 작잖아? 보관소에 걸린 초상화는 전부 거대했는데."

실제로 평민들이 그리고 있는 초상화의 크기는 일반 액자 크기 정도로 작았다.

"그건 다 그리고 나서 그렇게 만들면 돼."

"……어떻게?"

"마작 과정에서 그렇게 늘리거든."

실제로 과거에도, 이런 식으로 진행했다.

그림을 잘 그리는 누군가에게 의뢰하고, 그것을 마작 과정에서 크기를 변형시키며 움직이는 그림이 되는 것이다.

나와 내 스승님을 그린 사람도 과거의 평민이다.

물론, 워낙 오래전 이야기이기에 지금은 영혼이 되어 어딘가에서 안식을 취하고 있겠지만.

평민에게 의뢰하게 된 까닭도 단순한 이유다.

애초에 교장 자리가 1년에 한 번, 이렇게 주기적으로 바뀌는 자리도 아니고.

주기도 없으며 바뀌는 시기도 몇백 년에 한 번이다.

그렇기에 따로 초상화만 그리는 사람을 둘 수가 없었다.

때가 될 때마다, 평민이나 혹은 마법사 중에서 그림을 잘 그리는 사람에게 의뢰한다.

중요한 물건이긴 하지만, 중요하다고 신분이 되어야만 그릴 수 있는 건 아니니까.

오히려 우리를 위해 초상화를 그려 준 것에 우리가 감사를 느껴야 했다.

"말 나온 김에 가렌트 네 초상화도 하나 그리지?"

"……난 왜?"

"마검사 학교에 걸어 놔야지."

"정말?"

그는 상기된 표정으로 물었다.

난 마법 학교의 보관소와 똑같이, 마검사 학교에도 그런 보관소를 이미 만들어 놨다.

앞으로 역대 교장들의 초상화를 나열하도록 할 것이다.

"나야 좋지! 움직이는 그림을 가질 수 있다니!"

그가 신이 난 이유가 저것 때문이었다.

그렇게 우리 셋의 초상화가 완성되고 나서 나와 델세르는 작은 초상화를 들고 둘이 함께 보관소로 향했다.

"……이분이 아르키스 님의 스승님이시군요."

델세르가 스승님을 처음 뵙는 순간이다.

그녀는 스승님의 초상화를 향해 꾸벅 고개를 숙였다.

"너와 내가 처음 만났을 때, 내가 말했지. 생긴 건 인자한 할아버지 같지만, 지도 방식은 아니라고."

"네."

"내가 너한테 한 것보다 더 엄격하게 하셨었어. 이제 이해가 되나?"

"어울리지 않으시네요. 저런 인상에 엄격함이라니."

그래도 스승님이 어땠을지는 대충 감을 잡은 듯했다.

"자, 이제 마지막 과정만 끝내자."

난 그렇게 작은 초상화를 벽에 걸고 마법을 입히는, 마작 작업을 시작했다.

"원래 이런 걸 따로 해 주는 마법사가 있는데. 지금은 아무도 없으니까."

과거의 사람이 나 말곤 없는 시대이니 이것도 내가 직접 해야 했다.

그렇게 초상화 마작이 끝나자, 작은 초상화는 옆에 나열된 초상화처럼 거대하게 변했다.

텅 비었던 내 초상화 자리엔 새로운 초상화가 자리 잡게 되었다.

비록 모습은 예전과 달라졌지만, 자리는 원래대로 돌아온 셈이다.

그리고 그 옆에 당당하게 자리를 잡은 한 명.

'제9대 교장 에밋 델세르'

명패도 당당하게 자리 잡혔다.

본래는 타일런트가 탐내던 자리를 델세르가 장식하게 되었다.

"기분이…… 이상하네요."

거대하게 변한 자신의 초상화를 바라보며 델세르가 한 말이다.

"나도 처음에 그 기분이었어. 비록 지금은 교장이 대마법사가 되는 건 아니지만, 어쨌든 교장은 맞잖아? 앞으로 잘 부탁한다."

"네. 맡겨 주신 만큼, 열심히 하겠습니다."

"그 자신감이면 됐다. 내일부터 마법 학교는 개교지?"

"네."

"어려운 게 많겠지만, 혼자서 잘 해낼 수 있을 거야."

난 그리 답하며 델세르의 머리카락을 헝클어트렸다.

그런데 델세르의 표정은 그다지 밝지 않고, 뚱해 있었다.

"왜…… 꼭 이제 안 볼 것처럼 말씀하세요?"

"안 보는 게 아니라 볼 시간 많이 없을 거다. 그래서 네가 신임 교장이 되어도 너를 못 도와줘."

"아르키스 님은 내일부터 말씀하셨던 그 여정을 떠나시는 건가요?"

"응."

끝이 있으면 또 시작이 있고, 그 시작에도 끝이 존재한다.

끝과 시작은 무한한 반복을 이루며 우린 그런 굴레 속에서 사는 한 생명체일 뿐이다.

사일러드와의 싸움은 끝이 났어도 난 알아내야 할 것이 있기에 새로운 시작을 행하러 가야 했다.

"그래도 아예 사라지시는 거 아니니까, 심심하거나 머리 식히고 싶으실 때 놀러 오시죠. 전 언제든 여기 있게 될 테니까요."

"그래, 그러마. 그리고 바이스한테도 이 말 전해 주고."

"무슨 말이요?"

"약속 지켰으니 월권행위나 직권남용은 없던 얘기가 되는 거라고."

사일러드와 결판을 지으러 가기 전, 바이스는 나와 약속 하나를 나눴다.

델세르를 에밋 가문의 차기 가주로 지목하는 게 어떻겠냐고 제안했을 때, 그는 분명히 이렇게 말했다.

현재 내 모습 그대로로 살아 돌아와 달라고.

난 당당하게 약속을 지켰으니, 이젠 바이스도 그 약속을 지킬 차례다.

"축하한다, 네가 교장에 가주까지 되다니."

"다 아르키스 님 덕분이죠. 그런데 제 아버지에게 남기실 말씀은 직접 하시는 게 좋지 않으세요? 제가 전하는 것보다 그쪽이 나을 것 같은데."

"오늘은 바쁠 거 같아서."

"아…… 네……."

그렇게 임명식은 끝이 났고, 델세르는 정식으로 교장이 된 날이다.

마법 학교 임명식이 끝나자마자 난 가렌트를 데리고 새롭게 만든 세계로 왔다.

우린 이 세계를 '마검사 학교'라고 부르기로 했다.

애초에 이곳에 있는 것은 현재로서는 마검사 학교가 전부니까.

라무스 가문 본가도 자리 잡고 있지만, 그것은 마법사들의 공공장소라고 보기엔 어려웠기 때문이다.

어차피 이 세상의 주는 마검사 학교만이 있으니, 그 명칭이 훨씬 어울린다고 생각했다.

마법 학교 지하실처럼, 난 이 마검사 학교 지하에도 똑같이 생긴 보관소를 이미 만들어 놨다.

그리고 나와 가렌트의 초상화를 벽에 걸었다.

'제1대 공동 교장 아르키스 에이머(좌), 오리안트 가렌트(우)'

가렌트는 늠름하게 자신의 원소로 만든 마검을 쥔 포즈의 초상화다.

웅장하게 보이는 것처럼, 그의 머리카락과 옷이 바람에 휘달리는 연출까지 더해졌다.

동화도 완벽하게 이루어져, 그의 눈동자와 머리카락에는 이제 예전의 검은색이 아닌 회색만이 있었다.

"기분이 되게 이상하네. 움직이는 내 초상화를 이렇게 보고 있자니."

이미 델세르가 느꼈던 것을, 조금 지난 뒤에 가렌트가 고스란히 느끼고 있었다.

"원래 처음엔 다 그래. 나도 그랬으니까."

나 역시도 델세르에게 했던 말을 그대로 나올 수밖에 없었다.

"그나저나, 에이머. 내일부터 보기 힘들어지는 건가?"

"아마도."

"모처럼 평화의 시대를 맞이했는데, 또 보기 힘들다니. 참 애석하네."

"완전히 끝이 난 건 아니니까 어쩔 수 없잖아. 마검사 학교 개교 일시는 알아서 정해. 너도 교장이니까 혼자서 그런 판단은 내릴 수 있잖아."

내일부터 개교를 하는 것은 마법 학교만이 유일하다.

검사 학교와 마검사 학교는 재건만 했을 뿐, 당분간 폐쇄한 채로 놔둬야 했다.

이유는 역시 학생의 수가 없었기 때문이다.

특히 검사들은 이미 셔먼의 습격을 받는 바람에 친위대만 겨우 생존한 수준.

다시 밑의 세계에서 재능을 가진 학생을 찾아야 했고, 그런 학생을 처음부터 차근차근 교육해야 했다.

반면에 마법 학교의 상황은 그래도 조금 낫지 않은가?

일단 분교 출신의 학생들은 고스란히 생존해 평민으로 잠시 돌아갔고.

분교 출신의 학생들도 2기 조각사로 활동하다가 다시 학생으로 돌아갔으니까.

검사 쪽 상황과 비교하면 학생들은 상당히 온전한 상태라고 할 수 있었다.

그렇기에 마법 학교만 내일 당장 개교다.

하지만 마검사 학교의 개교 일시는 가장 늦어질 게 뻔했다.

이유인즉슨, 이 마검사 학교는 처음부터 마법 학교와 검사 학교 졸업생들 중 재능이 보이는 학생만 입학시키기로 했었으니까.

특히나 검사 학교는 이제야 신입생을 새로 받아야 하고, 그들을 졸업시켜야 하니 육성 기간이 상당히 오래 걸렸다.

"아니…… 그렇게 오래 걸릴 거라고? 개교 일시까지 나 혼자 정해야 할 정도로?"

그러나 가렌트는 그것에만 집중했다.

아무래도 내가 잠깐만 자리를 비우고 말 것으로 생각한 모양이다.

"얼마나 걸릴지 몰라서 그래."

"그렇긴 한데……."

"참, 검사 학교도 당장 개교 아니니까 놀고 있기 심심하면 마법 학교 가서 졸업생들 대상으로 친위대원들이 검술이라도 교육하는 건 어때? 어차피 졸업반은 학생이라고 보기도 어려운데."

2기 조각사들로만 이루어진 졸업반.

그중에서도 마검사의 재능을 가진 누군가가 있을 거란 생각을 했다.

"나쁘지 않네. 만약 그렇게 되면 개교 일시가 앞당겨질 수 있으니까. 그건 델세르랑 말해 볼게."

"그래. 검사 학교 쪽은 드레드가 교감이 됐다지?"

"응. 녀석도 어엿한 대검사 후계자니까. 그 정도는 할 수 있지. 마검사 학교가 개교되면 교장 자리를 넘겨주고, 난 여기로 와야지."

현재 가렌트는 마검사 학교와 검사 학교 교장을 겸직한 상태다.

아직 드레드가 완벽하게 교장 자리에 설 수 없다고 판단하고, 그를 지도자로 육성하기 위해 교감으로 임명한 뒤 따로 수업할 생각이라고 했다.

"잘 생각했네."

그렇게 난 초상화에서 등을 돌렸다.

"어디 가려고?"

"내 집무실."

가렌트와 헤어지고 난 마검사 학교 마지막 층에 있는, 교장실에 들어왔다.

이제 막 새롭게 만들어진 공간이기에 낡은 것 하나 없는 완벽한 모습이지만, 사람의 온기는 없는 곳이다.

그렇다 보니 서늘함만이 느껴졌다.

난 책상에 앉았다.

책상에는 내가 고이 올려 둔 한 권의 책.

바로 칼리토 책이다.

난 조용히 그 책을 다시 살폈다.

특히 이번에 집중해서 본 부분은 바로 '약력'이다.

역대 이 책의 습득자의 링킹을 담은 구간.

그래서 마지막 링킹엔 스승님의 모습이 담겨 있었다.

'도대체 누구의 링킹일까?'

이 링킹들을 처음 봤을 때 들었던 의문점.

링킹은 1인칭 시점을 담기 때문에 링킹의 시전자의 시선을 그대로 따라간다.

그런데 내 스승님의 링킹을 포함해 약력 목차에 있던 그 많은 링킹들.

전부 옆이나 뒤, 혹은 위에서 지켜보는 듯한 시선이었다.

그리고 난 이제 이 책을 통해 새로운 세상을 얻게 되었으니 분명 스승님의 모습을 담은 링킹 다음 장엔 내가 있을 것이다.

그것을 확인하기 위함이다.

설렘과 기대, 긴장이 정확한 비율로 섞인 채로.

난 스승님의 링킹 그다음 장을 넘겼다.

팔랑.

"……."

그러나 깔끔한 백지다.

아무것도 있지 않았다.

"어떻게 된 거지……?"

이 책 덕분에 사일러드를 봉인할 수 있어서 은인의 책과 같이 느껴졌지만, 계속 파고들면 파고들수록 어딘가 불안감도 느껴지기 시작했다.

의문이 너무 많은 책이었기 때문이다.

'습득자를 기준으로 링킹이 생성되는 게 아니었어?'

분명히 책에 담겨진 링킹의 시작은, 이 책을 어떻게 손에 넣게 되었는지 그 과정을 보여 줬다.

그렇기에 내 예상대로라면 내가 습득하게 된 경로인, 스승님에게서 받은 그 시점부터 시작해야 했다.

'있어야 할 게 왜 없을까…….'

난 책을 덮고 등받이에 기대며 천장을 올려다봤다.

'칼리토라는 사람…… 정체가 뭘까?'

이젠 이 책을 쓴 저자까지 궁금해졌다.

하지만 책 한 권만 계속 들여다본다고 알아낼 수 있는 것은 아무것도 없었다.

'내가 찾으려는 비밀이 이 칼리토 책과 비슷할까.'

내가 떠난다고 했던 여정이라는 건 대단한 모험 같은 게 아니다.

내 스승님이 이 칼리토 책을 찾기 위해 모험을 떠나셨던 것처럼, 이 세상 전부를 샅샅이 뒤지는 수색이라고 할 수 있었다.

어딘가에 분명히 있을 거다, 정령 마법의 정보를 담은 고대의 책이.

정령 마법은 사일러드가 혼자 개발한 마법이 아닌, 예로부터 입으로나마 전해져 내려오는 전설과 같은 마법이다.

그렇기에 해당 마법의 존재를 고대의 마법사들도 어렴풋이 알고 있었고, 갖은 연구 끝에 '존재할 수 없는 마법'이라고 명명한 것이니까.

즉, 이는 분명히 존재는 어딘가에서 시작되었으니 정령 마법이란 이름이 붙여진 게 아니겠는가?

나의 여행은 그것을 찾기 위함이었다.

어딘가에 파묻혀 있다면 파내서 꺼내고, 가려져 있다면 가린 것을 치워야 했다.

'없을 수가 없어.'

그 믿음 하나로 움직이기로 했다.

'얼마나 걸릴까, 이 여정이 끝나기까지?'

되도록 빨리 찾았으면 좋겠단 바람만 있을 뿐이다.

밑의 세계 에드 가문 본가에 순백의 여성 손님이 들이닥쳤다.

이제 마법사들의 가문에 평민은 살고 있지 않다.

사일러드가 봉인되고, 무너진 세계까지 재건이 완료되면서 평민들은 본래 자신의 집으로 전부 돌아갔기 때문이다.

굳게 닫힌 정문 앞에 스파클이 섰다.

"웬일이세요, 루스 릴 씨?"

"문 열어요."

릴은 무엇이 그리 화가 났는지, 눈빛이 사나웠다.

문을 열어 주지 않으면 제 마법으로 부술 것만 같은 표정이었다.

"루트 지금 여기 있잖아. 남자가 치사하게 약속해 놓고 도망가?"

"……무슨 소리세요? 아니, 그보다 루트는 왜 찾아요? 그런 살벌한 표정을 짓고서. 루트가 무슨 잘못을 했나?"

"잘못? 했지. 약속해 놓고 지금 안 지키려고 여기로 도망왔으니까!"

"무슨 소리야……? 루트가 릴 씨랑 무슨 약속을 했다고?"

스파클의 말에 릴은 표정을 한층 더 구겼다.

"그런데…… 내가 알기론 스파클 씨가 루트 씨보다 동생 아닌가?"

"맞는데요. 근데 그 얘기가 갑자기 왜 나오지?"

"오빠한테 너무 버릇없게 구는 거 아니에요?"

"······예?"

이건 또 상황이 왜 이렇게 흘러가나 싶은 스파클이다.

화난 표정으로 온 것도 모자라 갑자기 자신에게 지적하고 있으니 말이다.

"하, 버렸던 옛날 성격 나오게 하시네. 이분이."

아무리 성숙해졌다곤 하지만, 그래도 그 본성 어디 가겠나.

남이 건들지 않으면 튀어나오지 않지만, 지금의 릴처럼 벌과 같이 톡톡 쏘아 댄다면, 스파클은 충분히 옛 성격이 나오고도 남았다.

"내가 루트한테 반말하건 말건 댁이 무슨 상관이야?"

"상관있으니까 이러지."

"······?"

릴의 당당함에 스파클은 그만 말문이 막혔다.

"됐고, 루트나 빨리 불러오세요. 진짜 더 화나게 하면 내가 이 문 부술 거니까."

"아니, 도대체 뭘 약속했다고? 그리고 내가 루트한테 반말하는 거랑 상관이 있다니?"

"그냥 잔말 말고 빨리 열어요. 반응 보니까 진짜로 말 안 했나 보네, 나랑 루트 씨 관계."

"······무슨 관계인데?"

그 순간 스파클은 멍해지며 답했다.

"채무 관계겠어? 그렇고 그런 관계지."

"……네?"

"그러니까 빨리 열어!"

릴은 정문 창살을 손으로 쥐어 잡고 흔들었다.

"왜 이렇게 시끄러워, 한창 회의 중에?"

그러던 중 입구로 나타난, 그토록 기다리던 사람.

루트가 등장했다.

루트는 릴을 보자마자 난감한 표정을 지었다.

"왜 날 귀신 보듯이 보지? 그때 한 약속 시간 끌기 맞던 거예요?"

"……."

루트는 난감하게 릴과 스파클을 번갈아 가며 쳐다봤다.

그러다가 스파클과 눈이 마주쳤는데, 스파클은 조용히 루트 옆으로 다가와 귓속말로 속삭였다.

"무슨 사이냐? 저 여자 말로는 너랑 그렇고 그런 관계라는데."

그러자 루트의 얼굴이 붉게 변했다.

"뭐냐? 어둠 원소사인 네가 왜 빨개지냐? 너도 임펠처럼 약 먹고 왔냐?"

"……들어가 있어."

이에 루트도 작은 목소리로 답했다.

릴에게는 들리지 않도록.

"아니 뭐냐니까? 우리한테도 비밀인 게 있었어?"

"비밀까지는 아니고. 지금 말하고 싶지 않아서다. 빨리 들어가, 그냥."

"와, 진짜 맞나 보네."

루트가 이 정도로 당황하는 걸 보니 스파클도 확신할 수 있었다.

루트는 애써 스파클의 등을 떠밀면서 겨우 보낸 뒤에, 문을 열었다.

그러자 릴은 덥석 루트의 손목을 잡고 끌고 나가려고 했다.

"지, 지금은 안 돼요."

루트는 완강하게 버티며 고개를 저었다.

"왜요? 약속한 때잖아요. 재건 완료되면 말하러 가겠다며, 우리 아버지한테."

릴이 계속해서 말하러 가자고 한 것은 바로 가주인 루스 알프릭의 허락을 받고, 정식으로 관계를 알리는 것이었다.

"무서워요? 막상 때가 되니까? 그래서 가문에 도망쳐서 박혀 있어요?"

"아니, 그게 아니라 저희 지금 회의 중이라니까요. 도망친 게 아니라고요."

"무슨 회의!"

"저희 차기 가주 자리를 둔 회의요. 저희 가문은 다른 가문과 달리 가주가 없는 가문이잖아요."

"……아."

그제야 릴은 자신이 너무 무모하게 들이닥쳤단 것을 깨달았다.

"아니, 그런 중요한 일이면 미리 말이라도 해 주지!"

"정신이 없었잖아요. 오늘 막 임명식 갔다 오고, 그러고 바로 소집된 회의라서. 말할 틈이 없었네. 근데 그렇다 하더라도 난 이해해 줄 줄 알았지. 이렇게 재건을 끝내자마자 바로 가자고 할 줄은 몰랐다고요."

"……괜히 미안해지네."

"괜히가 아니라 대놓고 미안해야 할 텐데, 지금 릴 씨 소란 때문에 회의 중단된 상태라."

"……그럼 얼른 하고 와요. 기다릴 테니까."

릴은 자신의 오해에서 벌어진 일에 대한 사과의 의미로 기다리겠다고 한 것이다.

그러나 루트는 그녀의 손을 잡고, 가문 안으로 데리고 온 뒤 문을 닫았다.

"여기에서 기다리라고요?"

"아니, 그냥 회의실에서 기다리라고요."

"……내가 왜요? 아니, 같이 들어가면 사람들이 다 알게 되잖아요?"

"어차피 스파클한테는 본인이 먼저 질러 놨으면서? 그리고 어차피 나중에 알게 될 건데 지금 알아도 상관없잖아요."

"……."

결국, 릴은 못 이기는 척, 루트와 함께 회의실로 들어갔다.

"뭐어어어어?"

그 둘이 들어가고 시간이 조금 지난 뒤.

가문 전체가 들썩일 정도로 놀란 목소리가 뒤를 이었다.

진흙 속에서 핀 꽃

에드 가문에서 회의가 끝난 뒤다.

에드 가문의 차기 가주는 나일론으로 결정 났다.

이미 가주 후보는 임펠과 루트가 유력했지만, 둘은 스스로가 가주 자리에 설 수 없다며 물러났다.

이유는 둘은 어려서부터 첩자가 되어 드라코 가문의 일원이라는 가면을 쓰고 살아왔기에, 온전한 에드 가문의 마법사라고 볼 수 없어서였다.

임펠은 초월수를 마셔야만 에드 가문의 특징이 잘 녹아든 불 원소 마법을 구현할 수 있었다.

그것은 루트 역시 마찬가지였기에, 가주 자리에 적합하지 않다고 각자 판단한 것이다.

에드 가문은 일개 구성 원소 가문도 아닌, 불 원소의 대표 가문이다.

그런 가주에 있는 자가 어떻게 에드 가문의 특징도 제대로 살릴 수 없는 불을 구현할 수 있느냐.

냉정하게 따지고 보면 우린 드라코 가문에서 자란 탓에 불 원소보다는 어둠 원소를 더 자연스럽게 구현할 수 있는데.

이것이 임펠과 루트가 내세운 주장이었다.

따라서 둘은 가주 후보에서 제외.

이제 남은 적임자는 나일론과 스파클이었는데, 스파클도 스스로 물러났다.

보주화도 구현 못 하는 자신이 가주의 자리를 탐내는 것은 욕심일 뿐이라고 말하였다.

이 역시 한층 성숙해진 그녀다운 답이었다.

"얼떨결에 가주가 된 느낌이네."

에드 나일론.

이제 에드 가문의 정식적인 제2대 가주다.

하지만 아직 현실감은 없어서인지, 기쁘거나 얼떨떨한 모습도 없어 보였다.

그저 아무런 감흥이 없다고 보는 게 딱 옳았다.

"얼떨결은 무슨. 모두가 인정한 가주인데."

루트가 그런 나일론에게 격려의 한마디를 남겼다.

"그리고 난 이제부터 에드란 성을 버린다."

하지만 격려 뒤에 나온 답은 에드 가문의 마법사들에게도 꽤 충격적이었다.

"아니…… 왜?"

"말했듯이, 에드 가문의 마법사인데도 에드 가문이 가진 불꽃을 구현할 수 없는 몸이야. 따라서 에드 가문이란 이름을 사용하는 것도 옳지 않다고 판단한다."

"그건 나도 동감. 이미 이 부분은 나랑 루트가 전부터 얘기하던 거야."

임펠도 루트의 의견을 따랐다.

나일론은 근심 많은 표정으로 둘을 번갈아 보다가, 임펠에게 조심스럽게 물었다.

"그럼 임펠 형도…… 에드란 성을 버리겠다는 거야?"

"응. 난 온전한 불 원소사가 아니잖아. 이거 없으면 안 되는 몸인데."

그의 허리를 보였다.

그곳엔 상비약처럼, 그가 불 원소 마법을 사용할 수 있게 해 주는 빨간색 초월수가 매달려 있었다.

"아무리 그래도…… 돌아가신 아버지께서 슬퍼하시지 않을까? 어쨌든 우린 다 아버지의 자식인데."

"아니. 분명 우리가 아는 아버지라면, 우리 결정도 존중해 주실 거니까. 슬퍼하시진 않을 거라고 생각해."

"결정을 존중한다라……. 참으로 간만에 듣는 말이네."

에드 분교가 존재하던 당시의 슬로건이었다.

에드 분교는 학생의 선택을 존중한다.

그런 에드 분교에서 말기엔 무려 6클래스 교수직까지 지낸 나일론이기에 둘을 말릴 수 없었다.

"그럼 이제 뭘 하려고? 에드란 성을 버리고 나서."

말리는 것보다 앞으로의 계획을 묻는 게 더욱 가주다운 질문이라고 판단했다.

"나는 그저 여유롭고 평화로운 방랑자로 살 생각이지만……."

임펠은 말을 흐리며 루트를 쳐다봤다.

이번엔 루트가 답했다.

"난 어둠 원소 가문을 세우려고."

"……뭐, 뭐요?"

그러던 중, 그의 예비 동반자 릴이 발작하듯 벌떡 일어나며 큰 소리로 따지듯 물었다.

"지금 뭐라고 했어요? 어둠 원소 가문을 세울 생각이라니?"

"타일런트의 시대가 해가 저물듯 지면서 이 시대에서 물, 바람, 어둠 이 세 가지 원소 가문이 사라졌으니 명분은 충분하지 않나요?"

"지금 그걸 말이라고 해요? 당신이 어둠 원소 가문을 세워버리면 우리 아버지가 허락하겠냐고!"

그렇지 않아도 이 회의가 끝나면 루트와 함께 루스 가문을 가서 알프릭의 허락을 구하는 일만이 남았는데.

루트 스스로가 일이 성사되지 않도록 꼬아 놓는 느낌이라 화가 절로 난 릴이었다.

"그건 그렇긴 한데…… 내가 가주를 하려는 건 단순히 가주가 되고 싶어서가 아니니까. 좀 더 궁극적인 목표가 있어서거든요. 내가 어둠 원소 가문의 가주가 되지 않으면 안 되는 이유."

"그 이유가 뭔데요?"

"그건 나중에 알게 될 거예요. 가주가 되려는 이유는 심사 넣을 때 말하는 거니까. 심사를 하는 대마법사 아르키스 님이나 다른 가주님들이 그때 보고 판단해야지. 미리 알려 주면 안 되죠."

"……."

하지만 릴은 불안감만 가득했다.

"참, 릴 씨. 루스 가문으로 가기 전에 일 하나만 더 처리하고 갑시다."

"무슨 일이요."

"뭐긴요. 말했잖아요, 가주 자격 심사를 요청해야지. 신청서는 이미 작성해 뒀으니까 이것만 제출하면 돼요."

"꼭…… 그래야겠어요? 어둠 원소 가주를 다시 세우려고 한다니. 너무 무모한 짓인데."

"괜찮아요. 그리고 꼭 해야만 해. 그러니까 저 믿죠? 이것만 제출하고 루스 가문으로 같이 갑시다. 알프릭 님께 당당히 말해야지."

루트가 먼저 손을 내밀었지만, 그녀는 외면하듯 시선을 피했다.

"왜요? 언제는 못 데려가서 안달이었으면서 지금은 왜 피하지?"

"이 상태로 가면 절대 허락 안 할 거 뻔히 아니까 그러지. 내 아버지인데 그 성격을 내가 모를까. 화만 잔뜩 내실 거라고요. 어둠 원소를 얼마나 혐오하시는 분인데."

하지만 루트는 더는 말이 없었다.

그의 침묵은 그저 믿어 달라는 무언의 메시지였다.

루트는 그저 빙그레 웃어 보이고, 신청서를 제출하러 떠났다.

오늘 하루가 끝나기까지 시간이 얼마 남지 않았을 때.

마검사 학교 교장실에 손님 한 명이 들어섰다.

난 계속 이 교장실에 앉아서 생각만 하다 보니 시간 가는 줄도 몰랐다.

개교도 하지 않은 학교에 찾아온 손님은 바로 마법 학교의 교장, 델세르였다.

"다행히 아직 안 늦었네요? 교장실에 그대로 계신 걸 보니까요."

"웬일이야? 연락도 없이. 아니, 그보다 어떻게 알고 바로 찾아왔어?"

"마검사 학교로 가셨다는 얘기를 듣고 넘어온 거고, 가렌트 님에게도 물어보니까 교장실에 계시다고 해서 쉽게 올 수 있었죠."

"아, 그래? 그래서 무슨 일로 오셨을까?"

"내일이면 떠나시니까 황급히 전달할 게 있어서요."

그녀는 꽤 조급한 표정이었다.

그리고 그녀의 손에 고이 접힌 종이 하나가 들려 있는 것도 눈에 훤히 보였다.

"뭐길래 그래?"

델세르는 내게 그 정체불명의 종이를 건넸다.

그것은 정말 오래간만에 본 서식의 신청서였다.

바로 가주 자격 심사 신청서.

그리고 신청자란에는 '루트'라고 적혀 있었다.

"……뭐야?"

난 신청자의 이름을 보고 미간을 조금 찌푸렸다.

에타르의 아들인 그가 갑자기 어둠 원소 가문의 가주 자격을 신청해서가 아니다.

바로 그의 이름에 '에드'란 성이 빠져 있었기 때문이다.

"왜…… 에드 루트라고 적지 않고 루트만 적었지?"

"제가 전달받기론, 에드란 성을 버렸답니다. 루트와 임펠 둘 다요."

"이유는?"

그렇게 델세르는 전달받은 내용을 전부 내게 알려 줬다.

에드 가문의 차기 가주는 나일론.

대마법사가 차기 가주 결정에 관여하는 일은 없다고 하지 않았던가?

그래서 에드 가문도 자체적인 회의를 통해 다음 가주의 지도자를 결정한 것이다.

이는 따로 내 허락을 받을 필요가 없는 일이다.

그렇게 난 임펠과 루트가 에드란 성을 버린 이유를 비로소 듣게 되었다.

"……꽤 심도 깊은 고민 끝에 나온 결정이었네."

"네, 저도 그렇게 생각하고 있을 줄은 몰랐어요."

"그래서 루트만 가주 자격 심사를 요청한 이유가 뭐래?"

"이제 물, 바람, 어둠 원소 가문이 사라진 시대 아닙니까."

"그렇지."

드라코 타일런트, 라믹 리비아, 미르네 카비르.

한 원소의 대표 가문 가주들이었다.

그러나 그들은 결국 적폐 세력이었고 조각사의 반격에 의해 이 세상에서 사라진 가문.

따라서 현재 마법 사회는 무려 세 가지 원소의 가주가 비어 버린, 전례 없는 상황을 맞이했다.

"루트가 그러더라고요. 비록 어둠 원소는 마법 사회에서 재앙으로밖에 존재하지 않았지만 그런 이유만으로 배척하면 안 된다는 생각이 들었다고요."

"그러니까 그런 생각이 든 이유가 뭔데?"

"어둠 원소의 성향은 잘 알고 있다고 합니다. 원소가 가진 고유의 성향이란 걸 절대 무시할 수 없으니까. 그래서 앞으로 타일런트나 사일러드 같은 마법사가 어둠 원소에서 또 나올 거란 것도 확신할 수 있다고 하더군요."

여기까지만 들으면 마치 그런 루트가 제2의 타일런트, 사일러드가 되겠다는 야심을 담은 말로 들렸다.

하지만 난 루트를 잘 알지 않던가?

그런 그가 이런 의미 없는 야망을 가질 리 없다.

자신의 아버지가 타일런트와 싸우다가 세상을 뜨게 되었는데, 정말로 미치지 않고서야 그런 생각을 가질 리가 없으니까.

분명 궁극적인 이유가 따로 있을 거였다.

델세르는 설명을 이었다.

"만약 어둠 원소 가문이 없는 채로 긴 시간이 지나고 나서 어둠 원소에서 또 그런 재앙적인 마법사가 나왔을 때 어떻게 대처할 수 있겠냐고 그랬습니다. 마법과 사람은 늘 발전하기 마련이니까요."

난 그 답을 듣고 피식 웃었다.

"무슨 말인지 알겠네."

루트의 궁극적인 이유는 이렇다.

어둠 원소가 마법 사회에 재앙만 가져다준 것은 엄연한 사실.

그러나 그런 이유로 어둠 원소를 멸종시켜 버리듯이 배척한 한다면, 후에 타일런트와 같은 마법사가 또 나왔을 때 마법 사회는 그대로 궤멸할 수 있다는 해석이었다.

어둠 원소 가문이란 건, 말 그대로 그 원소를 대표하는 가문이다.

따라서 어둠 원소를 주력으로 사용하기에 어떠한 형태로 변형, 진화될 수 있는지를 연구하는 하나의 기관 역할도 하는 셈이 된다.

그렇기에 가문이란 게 중요한 거다.

우리가 몰랐던 형태의 원소 마법이 다 가문의 연구에서 나오는 법이니까.

실제 앞으로 마법 학교 5클래스 이상에서 가르치게 될 마법들은 전부 고대의 해당 원소 가문에서 발견한 마법들이 주를 이룬다.

루트는 후에 어둠 원소에서도 그런 마법 사회의 주적이 나올 가능성이 다분하니, 미래의 적이 다루게 될 주력 무기를 지금부터 가문을 세워서 연구하겠다는 포부였다.

상대의 무기를 미리 예측하여, 실제로 그런 일이 벌어졌을 때 비교적 쉽게 대응할 수 있게 하겠다는 뜻이다.

어차피 에드 가문의 불꽃은 구현할 수 없는 몸이니, 자신이 가진 어둠 원소를 그대로 버리는 게 아니라 활용하여 어떤 형태로 진화될지를 지금부터 연구하려는 생각이다.

정말 진흙 속에서 핀 꽃과 같은 마법사지 않은가?

타일런트 가문에서 그렇게 힘든 유년을 보냈는데도, 사라진 어둠 원소 가문을 자신이 세워 대책을 마련하겠다니.

"그래서 이걸 나한테 전달하려고 온 거구나? 심사 보라고."

"네."

난 종이를 다시 접고 델세르에게 건넸다.

그러자 그녀의 얼굴엔 물음표가 가득했다.

"왜…… 다시 저한테 돌려주세요?"

"나 대신 네가 결정해. 정확히는 너와 남은 가주들이 결정하란 뜻이야."

"……네?"

"너 어차피 내 제자잖아? 게다가 난 내일이면 떠나니까 심사할 시간도 없고. 그러니 네가 직접 하라는 거지, 대마법사 대행 신분으로."

"그 말씀은……?"

"그래, 정식 후계자 수업 중 하나라고 생각해."

"하지만 이 중요한 걸 저한테 전적으로 맡기시다뇨. 아르키스 님도 알라이즈 님의 제자였을 때 가주 심사에 관여한 적이 있으세요?"

델세르는 표정은 기뻤지만, 말투는 그렇지 않았다.

말투엔 걱정만이 가득 느껴졌다.

아무리 제자라고 하기로서니, 가주 심사라는 거대한 선택권을 자신이 가지기엔 너무 이르다고 판단한 모양이다.

그리고 그녀의 질문대로, 나도 스승님의 제자였다고 가주 심사에 관여한 적은 없다.

"당연히 아니지."

"그런데 왜…… 이번엔 넘기시는 건데요?"

"그냥 여러 생각이 있어서."

난 사실 루트의 심사 요청서를 보고 답은 이미 정해져 있었다.

그러나 나의 답을 알려 주지 않고 오히려 선택권을 넘긴 이유.

델세르가 나와 같은 선택을 할지를 보고 싶었고, 단순 선택하는 것만을 보는 게 아닌 나와 같은 생각을 가졌는지도 확실히 확인하고 싶어서였다.

델세르는 나를 관찰하듯 쳐다보다가 조심스럽게 물었다.

"아르키스 님이라면…… 어떤 결정을 내리실 겁니까? 이 신청서를 보고요."

이건 답을 알려 달라는 뜻이다.

내가 알려 준 것 그대로 따라 할 테니 알려 주기만 해 달라는 뜻의 질문.

그러나 난 그럴 마음이 없어서 애매모호한 답만 남겼다.

이제 델세르는 혼자서 생각하고 판단한 다음 행동해야 하는 위치니까.

더는 학생이 아니다.

마법적인 것은 얼마든지 알려 줄 수 있으나 사회를 이끄는 능력은 스스로가 터득해야 한다.

"배움과 깨달음엔 끝이 없어."

"질문에 맞지 않는 답처럼 느껴지네요."

"지금으로선 그렇겠지. 단, 너와 가주들이 모여서 심사할 때. 내가 남긴 말의 의미를 잘 생각해 봐. 내가 너에게 알려 줄 수 있는 건 그것뿐이야."

"……."

"전할 건 이걸로 끝?"

델세르는 고개를 끄덕였다.

"그리고 앞으로 루트의 가주 자격 심사만이 아닌, 마법 사회에서 일어나는 모든 일의 결정권도 너에게 양도한다. 내가 잠시 자리를 비우는 동안 부탁하마."

"멀리 떠나시는 거 아니잖아요. 정말 안 볼 것처럼 말씀하지 마세요."

"실재할 뿐, 존재하지 않는 것처럼 행동해야 네가 정말 혼자 생각하고 판단할 수 있지 않겠냐."

"실재할 뿐, 존재하지 않는다라……. 제 과거가 생각나는 말이네요."

타일런트의 시대에서 에밋 가문의 생존자는 정말 그렇게 살아왔으니까.

델세르는 내가 무엇을 말하고 싶어 하는지 이해하는 표정이었다.

"그럼, 자리 좀 비켜 줘. 혼자 휴식 좀 취하고 싶어서. 앞으로 합당한 판단을 내리길 기대하지."

매몰차게 내보내는 듯한 말로 들릴지 몰라도 난 정말 그녀가 스스로 합당한 선택을 내리게 하기 위해 일부러 쫓아내듯이 말했다.

"알겠습니다."

델세르는 아쉬움이 잔뜩 묻어나는 눈빛을 했으면서도 더는 캐묻지 않고 조용히 자리를 비웠다.

"이제…… 내일부턴 허송세월로 느껴질지 모르는 나날의 시작인가."

난 당장 내일부터 펼쳐질 일상들을 상상하며, 시간을 보냈다.

루트와 릴은 알프릭과 만날 수 없었다.

이유인즉슨, 루트가 가주 심사 요청서를 넣는 바람에 기존 가주들과 대마법사 대행 신분인 델세르가 모여서 회의를 해야 하는 자리가 생겨 버렸기 때문이다.

그들이 모이는 곳은 바로 마법 학교의 최상층.

교장실에서 회의를 진행한다고 했었다.

그래서 지금 루트와 릴은 루스 가문의 본가에서 그를 기다리는 중이다.

릴은 조금 불만스러웠다.

루트는 비범할 정도로 똑똑한 마법사이니, 이것까지 예상하고 일부러 시간을 더 끌기 위해 느닷없이 가주 신청서를 넣은 느낌이었으니까.

"무슨 생각 하는지 눈에 훤히 그려지네. 아르키스 님이 사용하시는 링킹을 내가 사용할 수 있게 되면 이런 기분인가?"

루트가 그녀의 눈동자를 가리키며 말했다.

"……아니거든요."

"뭐, 그런 오해가 생길 순 있지만. 난 정말 이렇게 해야만 한다고 생각해서 한 행동이니까 믿어 줘요."

"못 믿는 거 아니에요. 무서운 거지."

"알프릭 님 때문에?"

"네. 지금이야 마법 학교로 가셨으니 괜찮지만…… 돌아오셨을 때 어떨지 상상이 안 가니까요. 정말 한 대 맞을 수 있다니까요?"

"차라리 한 대 맞고 허락을 받을 수 있다면 기꺼이 그러지."

"……맞는 거 좋아해요?"

"그 맥락이 아니잖아요."

가벼운 농담에 둘은 잠시 미소를 지었다.

그리고 루트는 이어 말했다.

"알프릭 님은 아무리 화가 나도 폭력적인 모습을 보이진 않을 건데 뭘."

"어떻게 나보다 내 아버지를 더 잘 안다는 듯이 말하지?"

"적어도 내가 본 알프릭 님은 그랬으니까. 어떻게 나올지 지금 상상이 되네."

루트는 정말 앞날이 훤히 보이는 것 같았다.

알프릭이 이제 돌아오고 나서 무슨 말을 할지, 쉽게 가늠할 수 있었다.

"그래서 말인데, 리프 씨 좀 불러야 할 것 같은데."

그런데 느닷없는 리프의 이름에 릴은 표정이 무섭게 변했다.

"갑자기 그 여자 이름이 왜 나오며 왜 불러야 하는 거죠? 루트 씨랑 무슨 관계라고."

상당히 경계하는 듯한 말투였다.

"무슨 관계긴. 협력 관계지, 나랑 리프 씨는."

"……협력?"

검사의 거리에서 검사들과 함께 지냈을 무렵.

루트가 셔먼에게 환각제를 먹이는 순번이 될 때마다 뒤를 밟고 있었다고 슬쩍 알려 준 사람이 바로 리프.

그 뒤로 리프와 루트는 협력 아닌 협력 관계가 되긴 했었다.

"꼭 그 여자여야만 하나……?"

"질투로 느껴지는 건 기분 탓인가?"

"그렇지만은 아닐걸요."

"오호, 웬일이야, 숨기지 않고 그대로 답하다니."

"아니, 당연히 기분 나쁘죠. 우리 가문에 갑자기 그 여자를 부르려고 하는 이유도 알 수가 없으니까. 게다가 우리가 여기에 모인 이유는 아버지한테 허락받기 위함이잖아요. 그런데 그런 자리에 왜 그 여자가 껴야 하는데?"

"사실, 대지 원소사만 있으면 되긴 하는데……. 알다시피 내가 라무스 가문 쪽이랑은 친분 두터운 마법사가 없어서 말이야. 이런 부탁을 할 수 있을 정도로 친한 마법사."

릴은 점점 더 오리무중으로 빠져드는 느낌이었다.

대지 원소사만 있으면 된다니.

그 뜻을 당연히 알 리가 없었다.

"그래서 필요해. 리프 씨는 대지 원소도 다룰 줄 아니까. 불러도 되죠?"

"……말하는 게 꼭 그 여자가 없으면 허락 못 받을 거라고 생각하는 모양인데."

"맞아요. 확실하게 하기 위해선 리프 씨가 필요하지."

"도대체 뭐길래……?"

"일단 불러도 되는지 안 되는지, 그것만 답해 줘요."

"……."

릴은 침묵을 유지하다 마지못해 답했다.

"어차피 그 여자 없으면 안 된다면서요? 이건 선택권 없는 일이잖아요."

"결정됐군."

루트는 개구쟁이와 같은 미소를 띠었다.

마법 학교 교장실.

이곳에 모인 이들은 다음과 같다.

교장 에밋 델세르.

에밋 가문 가주 에밋 바이스.

라무스 가문 가주 라무스 트레샤.

루스 가문 가주 루스 알프릭.

그리고 새로운 에드 가문의 가주 에드 나일론.

총 다섯 명이 모였다.

모인 이유는 바로 루트의 가주 자격 심사 때문이었다.

모인 다섯 명 전부는 표정에 당혹감만이 가득했다.

"나 참…… 심사받기만 했던 나인데 이젠 도리어 심사를 해야 하는 상황에 놓였다니. 이건 조금 이상한 기분이군."

알프릭이 루트의 신청서를 살피며 말했다.

도대체 언제 적이었을까.

그가 가주 자격 심사를 받았던 적이.

그 뒤로 타일런트의 시대가 열리면서, 단 한 번도 가주 자격 심사에 관여한 적이 없었다.

물론, 그가 가주가 된 뒤로 새로운 가문이 생겨난 일 자체가 없었던 탓도 컸다.

그런데 과거엔 평가받기만 했던 그가, 이제는 원소 대표 가문의 가주란 이유로 누군가를 평가하는 위치로 바뀌었다는 게 실감나지 않았다.

아마 자신의 스승인 아르키스 에이머의 생환을 알아차렸을 때와 비슷한 기분이리라.

알프릭은 아직 릴에게 모든 사실을 듣기 전이기에, 루트의 신청서를 보고 화를 내거나 하는 모습은 없었다.

못마땅한 표정을 짓긴 했지만, 정도가 심한 수준은 아니었다.

"이곳 지하 보관소에 걸린 제 초상화를 본 느낌과 비슷하 겠군요."

델세르가 답했다.

그녀도 바로 오늘 그런 기분을 느꼈으니, 여기에 모인 가 주들의 심정을 잘 이해할 수 있었다.

"아무튼, 시작하죠. 루트의 가주 자격 심사요."

하지만 이젠 어엿한 대마법사 대행 신분.

델세르가 회의를 주도했다.

"그래도 마음에 들지 않아. 난 허락할 수 없어."

회의 시작하자마자 알프릭이 즉각 답했다.

마치 준비된 답인 듯했다.

"이유가 뭘까요?"

델세르는 침착하게 물었다.

"몰라서 그래? 애써 없앤 어둠 원소 가문을 재건하겠다니, 그랬다가 타일런트 같은 놈이 또 나오면 어떡하려고? 우리 가 힘겹게 얻은 세상을 다시 잃는 꼴이 될 수 있다고."

여전히 어둠 원소를 향한 적대심은 밝게 빛나고 있었다.

'생각이 이렇게 다를 수 있구나.'

그의 답변을 들은 델세르의 생각이다.

"다른 분들의 생각이 궁금하네요."

"전…… 찬성합니다."

어렵게 눈치를 보며 답을 꺼낸 사람은 바로 새로운 에드 가문의 가주, 나일론이었다.

"하! 나 참! 팔은 안으로 굽는다더니. 정말 제정신이야?"

역시 알프릭은 그런 나일론도 마음에 들지 않기 시작했다.

"나도 찬성인데?"

하지만 알프릭을 저격하듯 즉각 자신의 의견을 어필한 사람.

바로 알프릭의 오랜 친구, 라무스 트레샤였다.

"……왜?"

"왜긴? 여기 가주 자격 지원 동기를 보면 답이 나오잖아."

바로 루트가 가주가 되려는 궁극적인 이유.

훗날 등장할지도 모를 타일런트와 같은 재앙의 마법사가 사용할 무기를 예측해 파훼법을 만들어 놓기 위함이니까.

"넌 이걸 읽고도 무조건 어둠 원소사라고 반대하고 싶어?"

트레샤가 일침을 가하듯 말했다.

"……."

웬일로 그 목소리 크던 알프릭이 침묵을 유지한 순간이었다.

"저도 동의합니다."

이번엔 바이스가 답했다.

납득할 수 없는 알프릭을 위해 설명을 이었다.

"루트가 단순히 에타르 님의 첩자 자식으로서, 어려서부터 드라코 가문에서 갖은 고생을 한 공로를 높이 산 것이 아닙니다. 그의 말이 맞아요. 어둠 원소가 앞으로 또 어떻게 진화할지 모릅니다. 대표적으로 타일런트 그 양반이 드레인 스펠을 그런 식으로 사용할 거라고 누군가가 예상하기나 했습니까?"

그 순간 회의실은 침묵이 다시 시작됐다.

"저희는 그런 발전된 마법을 파악하는 데 너무 오래 걸렸고, 그래서 반격 준비도 상당히 지체됐죠. 루트는 분명 포머란 이름으로 첩자 생활을 할 때부터 연구의 중요성을 알고 있었던 게 분명합니다."

"어둠 원소라면 바이스, 자네도 있는데 굳이 가문까지 설립할 필요가 있느냐고. 바이스 말고도 10대 교장 델세르까지 있는데."

"아쉽게도 플레우드라고 모든 것을 예상할 순 없는 노릇이죠. 플레우드의 단점은 단일 원소 오의의 경지에 도달할 수 없다는 것이니까요."

"무슨 뜻이지?"

"에타르 님이 터득하시고 사일러드에게 사용한 그 경지를 예로 든 겁니다. 모든 것이 멸할 때까지 꺼지지 않고 태우는 불꽃. 아르키스 님도 그 경지는 플레우드가 도달할 수 없다고 하셨으니까요."

"……그래서 어둠 원소에도 밝혀지지 않은 그런 게 있을 거니까 필요하다?"

"네. 그게 제 생각입니다. 그리고 루트는 이미 마법적이나 업적으로 충분한 자격이 있죠."

알프릭은 자신의 편이 없다고 생각하고 시선을 황급히 돌렸다.

그가 멈춘 곳은 바로 델세르였다.

"델세르, 넌 어떻게 생각해?"

"솔직하게 답해도 되죠?"

"그럼, 당연하지. 솔직해야만 하는 자리니까."

알프릭은 은근히 기대하는 눈치였다.

'솔직히'라는 단어에서 어쩌면 델세르가 자신과 생각이 같진 않을까 하는 기대가 느껴졌다.

"사실, 전 이미 아르키스 님에게 물어봤어요. 아르키스 님이라면 어떤 결정을 내리실지 궁금해서요."

아르키스란 이름에 다들 귀가 쫑긋 세워졌다.

"아르키스 님은 이렇게 답하셨죠. '배움과 깨달음엔 끝이 없다.'라고요. 전 이 답의 뜻을 계속 생각했는데, 아무래도 아르키스 님께선 이런 의미로 답하신 것 같아요."

델세르는 이제 루트의 지원 동기를 가리키며 설명했다.

"우리가 알고 있는 마법이 현재를 기준으로, 끝이 아니란 뜻이 아니겠어요? 마법은 변형되거나 발전되죠. 아르키스 님은 그렇기에 배움과 깨달음엔 끝이 없다고 생각하신 거고, 제게 그런 답을 주시지 않았을까요?"

"그렇다면…… 아르키스 님도 동의하신다는 건가."

알프릭이 못내 아쉬운 목소리로 중얼거렸다.

델세르의 해석이 맞다면, 자신의 스승님도 결국엔 루트의 가주 자격을 허락하신다는 거였으니까.

비록 중얼거렸을 뿐이지만 모두에게 들리기엔 충분한 목소리였기에, 델세르는 즉각 답했다.

"네. 전 그렇게 생각합니다. 루트의 지원 동기를 몰랐더라면, 배움과 깨달음엔 끝이 없다는 말이 뜬금없게 들리겠지만, 그의 지원 동기를 보고 난다면, 그 생각이 달라질 거라고 생각되는데, 알프릭 님은 어떠세요?"

델세르도 자신의 해석이 올바른 해석이라곤 생각하지 않는다.

그러나 그 의미를 완벽하게 해석할 순 없어도 적어도 의도하는 바는 크게 엇나가지 않았을 거라는 믿음으로 모두에게 답한 것이다.

알프릭에게도 거듭 강조하며 되물은 것은 이 자리에서 유일하게 루트의 가주 자격을 반대하는 사람이 바로 알프릭이기 때문이다.

반대하는 이유도 억지가 꽤 다분한 데다가, 단순히 어둠 원소를 향한 개인의 감정에 치우쳐진 선택이다.

그러니 그런 알프릭에게 아르키스 에이머의 답변을 설명한 뒤에 굳이 한 번 더 물은 것은, 아르키스 님의 생각을 이렇게 듣고 나서도 그 선택을 고수할 생각이 있느냐라는 델세르만의 약간 협박이 가미된 것이라 할 수 있다.

"흐음…….."

확실히 효과는 있었다.

알프릭은 앓는 듯이, 한숨을 흘렸다.

이내 체념했는지, 고개를 끄덕이며 답했다.

"뭐…… 의도가 나쁜 건 아니니까. 내가 잠시 흥분했군."

절대 단순히 어둠 원소라서 반대한 것이 아니라는, 조금 늦은 변명을 늘어놓으며 결국 만장일치로 루트의 가주 자격 심사는 확정되었다.

루트 건이 그렇게 결정되자, 델세르는 모두에게 공표하기 위해 입을 열었다.

"아르키스 님의 말씀을 여러분들에게 전하겠습니다."

과연 그들의 지도자가 어떤 말을 남겼을지, 다들 경청하는 모습이었다.

"앞으로 마법 사회에서 일어날 모든 일의 결정권도 제게 양도하신다고 합니다. 이 말의 뜻은 제 나름대로 생각해 본 결과, 이런 의미로 추측했어요."

"어떤 의미지?"

바이스가 흐뭇하게 물었다.

"루트가 가주가 되는 게 확정된 지금을 기준으로 마법 사회에는 없는 원소 가문이 두 개나 생겨 버렸죠."

"바람과…… 물."

공교롭게도 타일런트의 시대에 타일런트에게 협력하며 부귀영화를 누렸던 원소들이다.

"네, 사라진 두 개의 원소 가문도 이제 생겨날 것이니 그 결정을 전부 제게 맡긴다는 의미가 아닐까 싶네요."

"확실히…… 그런 생각이 들 수밖에 없지."

바람과 물 원소는 대가 끊겼다고 봐야 할 정도다.

이런 사태가 오래 지속되면 두 원소의 발전은 고사하고 원소 존재가 역사의 뒤안길로 사라질지도 모르는 일이다.

모든 원소는 다양한 형태의 발전 가능성을 가졌으니, 원소 하나도 빼놓지 않고 모든 가문이 존재해야 했다.

각자의 원소가 가진 발전력은 후에 또 다른 공공의 적이 나타난다는 가정하에, 아군을 지켜 줄 든든한 보호막으로 활용할 수 있으니까.

그렇기에 사라진 바람과 물 원소의 재건도 마법 사회의 입장에선 꼭 필요한 일이었다.

이번엔 트레샤가 말했다.

"그렇다면, 앞으로 우린 또 바람과 물 원소의 새로운 가주 심사를 하게 되겠군."

델세르와 눈을 맞추면서다.

이에 델세르는 빙그레 웃으며 답했다.

"네, 다음부턴 루트가 함께하겠지만요. 그가 어떤 가문의 이름을 들고 올지 무척 기대됩니다."

그렇게 회의는 화기애애하게 마무리되는 듯싶었으나, 바이스가 유독 알프릭과 트레샤의 눈치를 보면서 조심스럽게 손을 들었다.

"하실 말씀이라도 있어요?"

이 회의의 주도자, 델세르가 즉시 물었다.

"이왕 이렇게 된 거 언제 해야 하나 고민 중이었는데, 자리 생겨난 김에 말하려고."

"네. 말씀하세요."

"내가 말하고 싶은 건 델세르 네가 아니라 여기에 모인 가주님들의 찬성을 받고 싶은 일이거든."

"……그게 뭐길래요?"

바이스는 알프릭과 트레샤를 번갈아 가며 쳐다보고 조심스럽게 속에 있는 얘기를 털어놓았다.

"제 가주직을 델세르에게 넘기고 전 물러나려고 합니다."

"……아니, 왜 또 갑자기 그런 결정을 내리시는데요?"

오히려 알프릭과 트레샤는 무덤덤하게 고개를 끄덕였다.

정식으로 대마법사 후계자가 된 마당에 가주를 못 할 리가 없지 않은가?

이미 충분히 예견한 상황이기에 크게 놀라지 않았다.

그러나 펄쩍 뛰듯이 놀란 반응을 보인 건 델세르였다.

"뭘 그렇게 놀라? 이미 전에 아르키스 님과 약속했잖아."

검사 의회에서 셋이 따로 모였을 때의 일을 짚었다.

"……그땐 그냥 지나가는 말인 줄 알았는데, 정말 마음에 담고 있었던 거예요?"

"내 딸이 당당하게 마법 학교 교장도 되고 대마법사 후계자도 되었는데, 자격은 충분하지. 자, 가주분들은 어떻게 생각합니까?"

바이스가 조마조마한 마음으로 물었다.

그런데 뜻밖에도 알프릭이 시원하게 답했다.

"어차피 모든 결정권은 이제 델세르에게 있다며? 델세르가 이 제안을 수락하면 차기 에밋 가문의 가주로 확정된 건데, 뭘? 델세르의 선택이 중요하지."

"그 말씀은…… 불만은 없으시다는 뜻으로 들리는데, 제가 맞게 알아들은 걸까요?"

그래도 바이스는 확실하게 확인하고 싶었다.

알프릭은 조용히 고개만 끄덕였다.

이번엔 트레샤가 물었다.

"그런데 난 궁금한데? 바이스 자넨 가문을 넘기고 뭘 하려고?"

"밑의 세계에서 생활하려고요. 너무 오래 밑의 세계에 있었는지, 정이 다 들어 버렸네요."

"전처럼…… 그 선술집을 하겠다는 건가?"

"아니요. 보육원을 운영할 겁니다."

"보육원······?"

"네. 사일러드의 공격에 휘말리지 않게 하기 위해 밑의 세계에 있던 평민들을 전부 가문으로 대피시켜서 사일러드와의 전투 중에 부모를 잃은 아이들은 없죠. 그러나 그 전부터 부모가 없는 아이들은 이미 밑의 세계에 많았습니다."

그의 말도 사실이다.

고아들이 아예 없는 건 아니다.

"그런 아이들은 이번 전투 때 마법사의 가문에서 지냈으니, 거처는 생긴 셈이니까 오히려 다행이라고 생각하겠습니다만······ 문제는 전투가 끝난 뒤에 그 아이들은 다시 내쫓겨진 상황과 다름이 없다는 거잖습니까?"

기존에 있던 보육원은 마법사의 거리와 검사의 거리가 나뉘면서 사라졌고, 그 보육원에서 생활하던 아이들은 길거리로 나앉게 되었다.

사일러드와의 전투도 끝난 지금 피난처였던 마법사 가문에도 가지 못하는 상황에 놓였으니, 그런 아이들 입장에서 생각하자면 전투 끝에 오는 것이 평화란 행복이 아닌 '이젠 또 어디에서 지내야 할까?'라는 새로운 불안감을 가져다준 일이 되었다.

바이스는 그런 아이들을 보듬을 기관을 만들겠다는 뜻이다.

그는 설명을 이었다.

"그것만으로 끝이 아니죠. 이제 검사와 마법사도 융화된 시대입니다. 제가 보육원을 운영하면 마법 학교, 검사 학교로 진학할 수 있는 재능의 새싹들을 보살피게 되니, 여러 방면으로 옳은 선택이라고 생각합니다."

검사와 마법사가 서로 단절된 시대에도 보육원생을 각자의 학교로 데리고 오는 일이 많았다.

그런데 바이스가 보육원장이 되면 그 일을 다시 할 수 있고, 전보다 훨씬 수월하고 서로 눈치 보지 않게 할 수 있으니 강한 확신을 품고 말한 것이었다.

"그리고 보육원을 운영하면서 셔먼도 감시할 수 있으니 전 일석이조죠. 셔먼이야 자아가 이미 붕괴된 상태긴 한데, 또 어떤 돌발적인 상황을 낳을지는 아무도 모르니까요."

보육원장이 되겠다는 결정 하나로 많은 계획으로 파생된 순간이다.

"그런 생각이라면……."

모든 것을 들은 뒤, 트레샤는 델세르를 쳐다보며 답했다.

"델세르 네가 거절할 수 없을 것 같은데?"

"……."

델세르는 잠시 자신의 아버지와 지그시 눈을 맞춘 뒤에 고개를 끄덕였다.

"여러분들의 생각이 그렇다면, 제가 거절할 수 없죠."

이로써 에밋 가문도 새로운 가주를 맞이하게 됐다.

다른 가문과 차이가 있다면, 에밋 가문은 현존하는 가문 중 가장 구성원이 적은 곳.

사실 가주가 바뀌나 그렇지 않으나 별반 차이가 없다는 사실이었다.

"그런데 문득 궁금하네요, 앞으로 바람과 물 원소에서 어떤 가주가 나올지요."

이번엔 나일론이 자신의 궁금증을 표출했다.

"음…… 물 원소라면 확실한 처자가 한 명이 있긴 한데. 바람 원소는 나도 모르겠군. 이렇다 할 적임자가 없어서 말이야."

바이스가 답했다.

물 원소의 확실한 처자.

이곳에 모인 이들은 이미 물 원소란 단어만 들었을 때 공통적으로 생각나는 사람이 딱 한 명 있었다.

델세르가 모두에게 조심스럽게 물었다.

"니드한테…… 슬쩍 권유해 볼까요? 가주가 되는 거 어떻겠냐고요."

"나쁘지…… 않을 것 같은데? 어쨌건, 물 원소도 마법 사회에 꼭 필요한 가문이니까."

다들 긍정적이었다.

임펠은 밑의 세계를 활보하는 중이다.

"다들…… 평화롭네."

이제 위험이 잔뜩 도사린 밑의 세계가 아니기 때문일까.

평민들의 얼굴엔 근심 따위가 전부 사라지고, 평온의 행복만이 가득 자리 잡았다.

에드란 성도 버린 임펠은 마법사지만, 평민 마법사와 다름없는 신분이 되었다.

방랑자로 살고 싶다는 그의 생각을 실천하기 위해 이렇게 정처 없이 밑의 세계를 떠도는 중이었다.

그러던 중, 가까운 곳에서 해맑은 아이들의 목소리가 들려왔다.

"야! 바보다~! 바보~!"

"동네 바보가 또 나타났다!"

'바보? 그렇게 불리는 사람이…… 있었나?'

임펠은 그 왁자지껄한 목소리가 들리는 쪽으로 쳐다봤다.

꼬마가 여럿이 모인 골목길.

"에잇! 이거나 먹어라!"

꼬마 하나가 의문의 물체를 향해 돌을 던졌다.

의문의 물체는 눈으로 대충 훑기에도 더러운 거적 같은 것이었다.

돌에 맞은 거적이 움찔거렸다.

'……사람인데?'

저것은 거적 같은 것을 몸에 두른 사람이란 걸 임펠은 비로소 확인했다.

그리고 서서히 몸을 돌리는 거적을 두른 사람.

그 얼굴을 확인한 순간 임펠은 뭐라 형용할 수 없는 감정에 휩싸였다.

"셔먼……."

자아가 붕괴된 셔먼이 어둑한 골목길에서 동네 꼬마들에게 괴롭힘을 받고 있었던 것이다.

꼬마가 던진 돌을 본 셔먼은 이상한 목소리를 냈다.

"꼬기다……!"

"꺄하하, 돌멩이 보고 고기래! 저 바보!"

꼬마들이 바보라 놀리는 그 인물이 바로 셔먼이었다.

'나 참…… 학생들을 죽였던 놈이…… 이젠 꼬마들에게 돌멩이나 맞는 꼴이 되었다니.'

솔직히 기뻐해야 할지, 아니면 측은한 마음을 조금이라도 가져야 할지.

방향성을 제대로 잡을 수 없는 순간이었다.

임펠은 잠시 고민하다가, 그런 셔먼을 외면하며 지나쳤다.

대마법사 친위대 부대장이었던 임펠.

그런 임펠을 다스렸던 게 저기 동네 바보라 불리는 문지기 셔먼이었다면, 믿기는가?

'세상…… 정말 오래 살고 볼 일이군. 저것도…… 자업자
득이라 볼 수 있는 걸까?'

임펠은 셔먼의 현 모습을 보고 많은 생각이 들었다.

릴과 루트가 루스 가문에서 대기하기를 한참이나 지났을
때다.

리프는 루트의 부탁을 들어주기 위해 합류했는데, 셋은 루
스 가문의 릴의 방에 있었다.

"이야, 역시 구성원이 많은 건 좋은 건가? 꼭 공주님 방 같
네."

진심으로 감탄하는 리프.

에밋 가문은 구성원이 거의 없다시피 하지만, 루스는 상황
이 그렇지 않았다.

그렇다 보니 루스 가문의 장녀 릴의 방도 상당히 거대했
다.

과장을 조금 보내자면, 여기에 자리 잡힌 가구들 전부 치
우고 책상 몇 개랑 칠판 하나만 갖다 놔도 마법 학교의 교실
구실을 충분히 할 수 있을 정도였다.

리프는 릴의 방을 눈여겨봤다.

유독 책이 많았다.

'오호라, 행실과 다르게 공부를 꽤나 열심히 한 아가씨로군?'

여태까지 봐 왔던 그녀의 행실을 생각하면 성격대로 사는, 빛 원소의 스파클이라고 할 수 있을 정도였는데.

막상 그녀의 방은 크기만 클 뿐, 화려한 치장은 없었다.

정말 필요한 것만 갖다 놓았고, 그 비중을 가장 많이 차지한 게 책이었다.

리프는 이미 루스 가문으로 오면서 루트에게 알프릭과 함께 만나고, 무슨 얘기를 할 것이며, 나아가 알프릭이 취할 행동을 예상했다.

그 예상이 맞아떨어졌을 때 리프 자신이 해 줘야 할 행동이 있다고 부탁받았다.

'그런데 정말 그렇게 될까? 이건 너무 유치하고 무모한 거 같은데.'

루트의 부탁 내용을 들은 뒤에 든 생각이지만, 루트의 생각을 존중하기로 했다.

그가 아무런 근거 없이 이런 계획을 세웠을 리가 없으니까.

릴이 한참이나 초조하게 이리저리 돌아다니며, 루스의 귀가를 기다리고 있을 때였다.

드디어 알프릭이 도착했다는 소식이 그들이 있는 방으로

전해졌다.

"후우!"

릴은 사일러드와의 전투에 나설 때처럼 잔뜩 긴장된 상태였기에 이를 조금이나마 완화하기 위해 크게 심호흡을 한 뒤 말했다.

"가죠!"

"그럽시다."

오히려 루트는 무덤덤하게 기다렸다는 듯이, 답했다.

루스 알프릭, 루스 릴.

그리고 포머와 에밋 리프.

넷은 루스 가문의 식당에 모였다.

모든 가문이 그렇듯이, 마법사의 가문답게 식당의 크기는 상당히 컸다.

알프릭은 오자마자 릴과 루트가 자신의 가문에 있다는 것을 전해 들었고, 무언가 긴히 말할 게 있다는 장녀의 말도 이미 들었다.

릴의 표정으로만 보았을 때, 상당히 진지한 얘기란 것을 알아차렸다.

너무나도 조용한 불편한 식사 시간.

식당에 들리는 소리라곤, 식기가 서로 부딪치는 소리와 음식물을 씹는 소리밖에 들리지 않았다.

'나 참…… 내가 왜 여기에 껴서.'

리프는 그런 불편한 침묵 속에서 식사를 하니 물만 마셔도 체할 것만 같은 기분이었다.

불편한 식사는 계속되었고, 어느덧 끝이 날 때쯤이었다.

"그래, 말할 게 있다고?"

알프릭이 식기를 내려놓으며 물었다.

"그렇습니다."

알프릭의 시선은 그의 장녀인 릴에게 가 있었지만, 정작 당당한 목소리로 답한 것은 루트였다.

이제 알프릭의 시선은 루트에게 고정되었다.

"난 내 딸한테 물었는데."

"제가 대신 말해야 하니까요."

알프릭은 뚱한 표정으로 루트만 쳐다보다가 고개를 절레절레 저었다.

"나 참. 어둠 원소사랑 이렇게 마주하는 것 별로 좋아하는 일이 아닌데 말이야. 일단 네가 먼저 말하기 전에 나도 한 가지 미리 알려 주지."

"네, 말씀하세요."

"어차피 곧 알게 되겠지만. 내가 어딜 갔다 왔는지 알지?"

"예, 제 가주 자격 심사요."

"그래. 그리고 결과는 나왔어. 본래 과거엔 심사가 며칠 혹은 몇 주까지도 걸렸는데. 이번엔 조금 의외였지."

"긍정적인 현상일까요?"

"뭐, 그렇다고 볼 수 있지."

잠시 침묵이 이어진 뒤, 알프릭이 말했다.

"자네 이제부터 가주야. 심사에서 통과됐어, 전원 만장일치로."

그의 답에 루트는 환한 미소를 띠었다.

"기쁘네요. 솔직히 심사를 요청하면서도 걱정스러운 부분이 있었는데."

"자네도 타일런트처럼 될까 봐?"

"아버지!"

알프릭은 루트의 눈치를 보지 않고 그대로 질렀다.

그의 비아냥거리는 그 말에 발끈한 것은 릴이었다.

하지만 루트는 오히려 예견한 사태란 듯이 릴의 흥분을 가라앉히기 위한 손짓을 보였고, 릴은 차분한 상태로 돌아갔다.

"그런 건 아닙니다. 단지, 어둠 원소에 대한 시선이 원체 좋지 않으니 그걸 걱정한 거죠. 그것 때문에 가문을 세울 수 없을지도 모른다는 생각을 했으니까요."

"그렇게 생각이 없진 않군. 하긴, 에타르의 자식이니 그 정도 머리는 있어야지. 에타르가 가주 중에 약하고 멍청하다는 소리를 들었던 것도 다 보안을 위한 것 중 하나였으니까."

원소 대표 가문으로서 그런 수모를 스스로가 만들어 감내했던 에타르.

에타르는 생전에 늘 타일런트가 똑똑한 녀석이라고 말했지만, 알프릭은 정작 타일런트보다 똑똑한 녀석은 에타르라고 은연중에 생각하기도 했다.

생각하는 방식이 자신과 상당히 달랐기 때문이다.

보통 사람이 어느 계획을 세울 때, 자신이 피해를 입는 것을 염두에 두고 그것을 피할 계획만 세우는데, 에타르는 오히려 자신을 방패로 삼아 온갖 수모와 감시를 다 받아 내고 트레샤와 알프릭을 비교적 자유롭게 만들었으니까.

그런 사고방식이 그만의 장점인 것은 분명하다.

"감사합니다."

"왜 나한테 감사해?"

"알프릭 님도 찬성하셨으니 만장일치가 된 게 아닙니까?"

"처세술 한번 쓸 만한 녀석이군. 그래서 이제 가주가 되었는데 가문 이름은 뭐로 정할 건가?"

"그건 이제 생각해 보려고요."

"빨리 정해. 질질 끌어 봐야 좋을 거 없으니까."

"예, 조언 새겨듣겠습니다."

"조언 아니야. 잔소리야. 내가 어둠 원소사 싫어하는 거 몰라? 넌 그래도 에타르 자식이니까 이런 소리라도 해 주는 거라고."

"어쨌건 간에요."

"그래서 릴 대신 하고 싶은 말이 뭔데?"

알프릭은 목을 축이려 물을 천천히 들이마시며 물었다.

그의 질문이 날아온 순간.

루트와 릴은 잠시 시선을 교환했다.

루트가 먼저 고개를 끄덕이자, 릴은 불안하게 고개를 끄덕였다.

"저랑 릴 씨 사이요. 남은 인생을 약속한 사이라서, 알프릭 님에게 허락받으러 왔습니다."

'대……박……. 그걸 그렇게 직접적으로 말해? 알프릭 님을 상대로……?'

리프는 루트의 강단에 놀랐다.

빙빙 돌려서 얘기할 거라고 생각했지만, 완전히 돌직구다.

그리고 루트의 말을 들은 알프릭은.

"콜록! 콜록! 우욱……!"

물을 마시다 사레가 들려 기침을 함과 동시에 헛구역질이 다 나왔다.

"괜찮으세요……?"

릴이 다급하게 일어나 그의 등을 두들겼다.

"이게 다 무슨 소리냐……? 네가…… 루트랑 그렇고 그런 사이라고……?"

릴은 알프릭과 눈이 마주쳤고, 저도 모르게 그의 눈을 피했다.

하지만 고개는 명백하게 끄덕이고 있었다.

"이게…… 무슨 소리야! 빛 원소 대표 가문의 장녀인 네가 어둠 원소랑 같이 살겠다고……?"

알프릭은 크게 격분했다.

방금까지 루트에게 그나마 조언이라도 해 줬던 그 인자함은 이미 사라졌다.

콰앙!

테이블을 두 손으로 내리치며 벌떡 일어난 알프릭은 루트에게 삿대질을 하며 침을 튀기면서까지 경고했다.

"절대 안 돼! 네가 아무리 에타르의 자식이라고 하더라도! 이건 도를 넘었어!"

이제 모든 원망과 분노는 루트를 향했다.

루트는 침착하게 되물었다.

"정말 제가 아무리 잘 보여도 허락하지 않으실 건가요, 알프릭 님?"

"당연하지! 이 문제는 네가 에타르의 자식란 것과는 상관없어! 절대 안 돼! 내 눈에 흙이 들어오기 전까진 안 돼!"

이제 알프릭은 릴을 쳐다보며 말했다.

"너희 둘이 그렇게 좋고 못 살 정도라면, 차라리 내가 늙어 죽은 뒤에 조용히 둘이 알아서 하지 그랬니? 내가 지금

이 충격적인 소식을 듣고 앞으로 어떻게 살아! 빛 원소랑 어둠 원소의 결합이라니! 이게 말이나 된다고 생각하니?"

그 순간 루트는 씨익 웃었다.

'와…… 이게 진짜 이렇게 되네.'

이미 루트에게 부탁의 내용을 들은 리프는 지금 상황을 보며, 루트에게 감탄했다.

루트는 알프릭에게 강조하듯, 다시 물었다.

"눈에 꼭 흙이 들어가야 허락하시는 겁니까?"

"내 장녀가 어둠 원소사랑 사는 꼴을 어떻게 봐!"

"리프, 지금이야."

"본부대로."

리프는 그 즉시 대지 원소를 이용해 모래를 구현하고, 알프릭의 두 눈을 향해 뿌렸다.

촤학!

"끄악!"

워낙 흥분한 상태라 반응도 미처 하지 못했던 알프릭의 두 눈에 리프의 모래가 들어가 버렸다.

알프릭은 눈에서 오는 따가움에 눈꺼풀을 감싸며 발을 동동 굴렸다.

"알프릭 님, 이제 흙이 들어갔는데, 그럼 허락하신 걸로 받아들여도 되겠죠? 설마, 빛 원소 대표 가문의 가주님께서 약속을 지키지 않으실 리는 없고. 갑자기 말을 바꾸는 그런 타일런트나 할 법한 유치한 말장난도 하실 리도 없으니까요."

루트는 알프릭의 입에서 그 말이 나올 것을 확신하고 있었다.

알프릭은 어둠 원소사에게나 까칠하고 무서운 사람이지, 자신의 딸이나 존경하는 사람에게는 한없이 따듯한 사람이다.

그렇기에 그냥 딸도 아닌 가문의 후계자 장녀를 나무라지 않고 자신을 나무랄 것을 예측했다.

아무리 어둠 원소사가 싫어도, 딸의 앞날까지 방해하고 싶은 마음은 없는, 한 명의 아버지일 뿐이니까.

무조건적으로 반대하는, 그런 꽉 막힌 인물이 아니란 것쯤 알고 있었다.

그래서 분명 자신의 눈에 흙이 들어가야만 허락한다는 조건을 세울 것도 다 예상한 일이다.

그래서 리프를 부른 것이다.

그리고 눈에 흙을 넣은 지금.

알프릭이 일평생 혐오했던 타일런트의 행실을 들먹이면 절대 말을 바꾸지 않을 거라고 확신했다.

타일런트는 '아' 다르고 '어' 다르게 말장난을 잘 쳤던 녀석이니까.

그런 타일런트와 똑같이 취급하는 것을 알프릭의 성격으

로는 절대 못 견딘다.

따라서 자신은 타일런트와 다르다는 걸 증명해 보이기 위해서라도 뱉은 말은 지킬 사람이다.

"루트……! 너 이 자식……! 잔머리만 늘어서!"

"그럼, 이제 허락하신 거라고 받아들이면 되겠죠?"

"모래나 빨리 치워!"

"리프 씨, 고생했어요. 거둬 주세요."

"이옙~."

리프는 그대로 모래를 소멸시켰다.

"죄송합니다, 알프릭 님. 저도 둘이 잘됐으면 하는 마음에 도와주러 온 거라서요. 무례 용서하십시오. 많이 따가우셨을 텐데. 이건 제 사죄의 행동입니다."

리프는 사과하면서 이번엔 물 원소로 공격받은 그의 눈을 씻겨 주었다.

하지만 알프릭은 여전히 루트만 무서운 눈초리로 쳐다봤다.

눈초리만 무서울 뿐, 루트의 예상대로 그는 말을 바꾸거나 하는 행동을 하지 않았다.

한참이나 씩씩거리고 등을 휙 돌려 버렸다.

"당분간 내 눈에 띄지 마, 너희 둘 다."

루트에게는 화가 났고, 장녀인 릴에게는 실망했음을 표출한 알프릭이 식당에 나서기 직전이었다.

"그래도 앞으로 장인어른이라고 불러도 되죠, 알프릭 님?"

어쨌든, 저런 말을 한다는 것은 이제 반대할 수 없는 상황이 되었다는 것이니.

루트는 집요하게 파고들었다.

"시끄러워! 네 마음대로 해! 난 너를 사위라고 부르지 않을 거니까!"

"감사합니다, 장인어른."

알프릭은 그렇게 문을 쾅 닫고 나가 버렸다.

루트는 이제 릴을 쳐다보며 든든한 표정을 지으며 말했다.

"내가 말했죠? 리프 씨가 있어야 확실히 허락받을 수 있다고."

"아니…… 이게 지금…….."

솔직히 이런 식으로 허락받을 줄은 정말 릴도 상상할 수 없었다.

결과가 조금 찝찝하긴 하지만, 어쨌건…….

루트의 말대로 허락은 확실하게 받은 셈이다.

그것만으로도 릴의 마음은 상당히 가벼워졌다.

둘은 서로를 와락 껴안았다.

"에헤이~ 어디 서러워서 있겠나."

리프도 이제 투덜거리며 조용히 식당에서 나왔다.

허송세월?

마검사 학교 교장실에서 하루를 보냈다.

잠에서 깬 난, 느릿하게 일어났다.

"오늘이네."

조용히 교장실을 나섰다.

오늘부터 이제 나는 방랑일지 여정일지 모를 행보를 걷게 된다.

마검사 학교는 조용했다.

그도 그럴 것이 아직은 학생이 단 한 명도 없어 개교도 하지 않았고, 그에 따라 교장인 가렌트는 이곳이 아니라 당분간 검사 학교 쪽에서 드레드를 도와줄 예정이라고 했다.

거대하지만, 사람이 꽉 들어차 발생하는 온기가 하나도 없이 처량함과 씁쓸함만 가득한 마검사 학교.

그런 학교를 이제 빠져나오며 난 마법 학교가 있는 세계로 넘어갔다.

시작은 이곳에서부터 할 생각이다.

칼리토 책과 같은 유물이 과연 어디에 있을까.

분명히 사일러드에게 일어난 의문의 현상을 간직한 책이 있을 거란 믿음으로 마법 세계 이곳저곳을 돌아다니기 시작했다.

남들 눈에 띄지 않기 위해 몸엔 투명 마법을 두른 채로 마법 학교의 지하 보관소부터 천천히 뒤졌다.

굳이 투명 마법까지 몸에 두른 이유는, 난 정처 없이 떠도는 것과 마찬가지기에 학생들 눈에 보여서 좋을 게 없다고 생각해서다.

보관소엔 초상화 말고 특별한 것이 발견되지 않았다.

그렇게 마법 학교 전부를 뒤졌지만 역시나 특별히 수상하다거나 이런 물체 혹은 현상을 아무것도 식별할 수 없었다.

그래서 마법 세계 전체를 뒤지기 시작했다.

산이 있다면 그 산을 직접 등산하며 주위를 살피고.

바다가 있다면 물 원소 마법을 이용해 물속에서도 숨을 쉴 수 있게 만들고 해저를 살폈다.

해저 속에 또 동굴이 있다면, 빛 원소를 이용해 주변을 밝히며 그렇게 천천히 찾아 나섰다.

그렇게 몇 날 며칠.

심지어 벌써 1년이 다 되어 갈 정도의 시간이 지났다.

그런 긴 시간이 지나도록 내 여정엔 진전이 없었지만, 멈추지 않고 계속했다.

난 하루 대부분을 그런 여정에 쏟아붓고, 새벽에서 여명으로 넘어가는 그 시간대에 다시 마검사 학교 나의 교장실로 돌아왔다.

내가 자리를 비운 그 긴 시간 동안에도 마검사 학교는 아직도 개교하지 않았다.

검사 학교는 이미 전에 개교를 했지만, 마검사 학교에 입학할 수 있는 인재가 아직 발견되지 않은 탓이다.

교장실로 들어서면, 마법 사회에서 어떤 중요한 일이 일어났을 경우에 내 책상엔 쪽지 하나가 놓여 있었다.

글씨체를 보면 델세르가 편지 형식으로 쓴 것이고, 가렌트가 이곳에 놓고 사라진 것 같았다.

교장실이 어느덧 내 집이 된 것이다.

물 원소 가문이 탄생했습니다. 가주는 니드. 가문의 이름은 멜트입니다. 이제 멜트 니드예요. 물 원소 대표 가문이 되었어요. 어차피 물 원소 가문은 멜트 가문밖에 없으니까요.

이런 식으로 남겨졌다.

이미 전에 루트가 세운 가문의 이름도 전해 들었다.

그가 세운 어둠 가문의 이름은 셰어.

이제 그의 이름은 셰어 루트다.

여정을 끝내고, 이렇게 새벽과 여명 사이의 시간에서 델세르가 남긴 쪽지를 보고 있노라면.

하루를 집에서 마무리하는 느낌이 들었다.

사일러드와의 전투가 끝나고.

조각사였던 가문의 마법사들은 자신의 가문으로 돌아갔지만, 생각해 보면 난 그런 가문도 없는 몸이 아니었던가?

그래서 교장실 의자에 기대 잠이 드는 게 불편하게 다가오진 않았다.

전생에서도 스승님의 제자가 된 이후에 늘 마법 학교에서 지냈고, 그렇게 사일러드와의 보름달 전투를 맞이한 뒤에는 꼭대기에 꼼짝없이 발이 묶인 신세가 되었다 보니 집이란 걸 생각해 본 적도 없었다.

환생 후에 아르텔이란 이름이 되었을 때도 마찬가지다.

사일러드가 비전력과 소환 마법을 결합하여 만든 생명체.

당연히 소환사가 인위적으로 만든 몸이기에 부모란 게 존재하지도 않았으니 보육원에서 자랐다.

그 뒤로 에드 분교를 집으로 여기고 그곳에서만 생활한 나날들이 떠올랐다.

"세상이 이렇게 넓은데 내 세상은 좁았구나."

그런 말을 나도 모르게 중얼거리게 되었다.

여정을 진행하면서 느낀 것이다.

마법 사회, 검사 사회.

그리고 밑의 세계까지.

세상은 정말 넓었는데, 난 오직 나무처럼 한곳에서만 박혀 있었기에 세상이 그렇게 넓었는지 직접 느낀 적이 없었으니까.

델세르가 쓴 쪽지를 책상 서랍에 넣어 놓기 위해 쪽지를 들었을 때다.

팔랑.

쪽지에서 새로운 쪽지가 떨어졌다.

케이와 클레어의 결혼식이 조만간 있을 예정입니다. 둘은 이미 각각 어둠 원소, 물 원소의 구성 가문 가주 자격 심사를 요청한 상태예요. 학생 조각사 중에서 최초로 가주 자격 심사를 넣은 학생들이죠. 혹시나 하는 마음에 그들의 결혼식 소식도 알려 드립니다. 하지만 역시…… 오시기는 힘들겠죠?

그 쪽지를 보고 고민은 들었다.

타일런트의 시대 때, 본교에서 만난 두 학생.

아마 나와 키에나, 헤이가 본교로 입학하지 않았더라면 그 둘은 타일런트의 성배의 재료가 되었을 것이다.

둘은 본교를 졸업하면 여생을 함께 보내겠노라고 이미 약속한 사이였는데, 그때 타일런트의 성배의 재료가 되었다면 얼마나 슬펐을까.

그런 역경을 어찌어찌 견뎌 내고, 평화를 맞이한 시대에서 비로소 자신들이 그렸던 미래를 완성했다는 것이 기특했다.

"하지만…… 내가 굳이 참석할 자리는 아닌 것 같군."

아쉬움이 들긴 했지만, 난 외면하듯 쪽지를 서랍에 넣기 위해 서랍을 열었다.

"평화를 즐길 사람들은 만끽해야지. 고독한 건 나 혼자면 충분해. 어차피 이미 익숙하기도 하고."

애써 아쉬움을 지우기 위해 그런 혼잣말도 중얼거렸다.

'고독한'이라고 표현한 이유는 특별한 게 아니다.

사일러드가 소멸되지 않고 영혼이 온전하게 되어 버린 그 현상, 그 비밀을 풀기 위해 시작한 여정이다.

하루쯤은 쉬어도 되지 않을까란 생각이 들긴 하지만, 이미 이 짓을 하기 시작한 것도 1년이 다 되어 간다.

그런 시간을 보내는 동안 난 작은 단서 하나도 찾을 수 없었기에 지금은 이것에 몰두하고 싶은 마음이다.

모르는 것을 아직도 알아낼 수 없었기에 근심이 가득한데, 이런 마음 상태로 어떻게 둘의 결혼식에서 태평하게 축하를 해 줄 수 있을까.

괜히 내가 참석하면 내 걱정도 하게 되어 분위기를 망칠 것 같으니, 고독한 건 나 혼자라고 말한 것이다.

나만 힘들면 된다.

나만 고생하고, 남들 모르게 보이지 않는 곳에서 노력하고 있으면.

내 밑에 있는 마법사들이 그만큼 평화를 누릴 수 있으니까.

모두를 위하고 지켜야 하는 대마법사.

내 직위에 어울리는 행동이라고 생각했다.

"서운해도 너무 원망하지 마라. 케이, 클레어. 그리고…… 축하한다."

서랍 속에 쪽지를 툭 떨어트리고, 그대로 닫았다.

벌써 5년이나 지났다.

아침 해가 뜨면 교장실을 나서고, 세 곳의 세계를 돌아다니며 단서를 찾는 일을 행한 지가.

그 5년 동안 난 아무것도 찾을 수 없었다.

5년 사이에, 무지개 세계—마검사 학교가 있는 세계를 무지개 세계로 부르기로 했다는 쪽지를 받았다—와 마법 사회에도 많은 변화가 일어났다.

셰어 루트와 루스 릴의 결혼 소식도 들었다.

그리고 클레어와 케이는 각각 물 원소, 어둠 원소의 구성 가문 가주가 되었다.

이번엔 불 원소 구성 가문의 가주 심사를 요청한 학생 한 명이 있다고 한다.

그 이름은 기특하게도…….

하페르트다.

하페르트는 마법 학교에 재입학한 후에 5년이라는 시간 안에 졸업을 한 엘리트로 거듭났다.

풍문에 의하면 스파클이 따로 많은 과외를 해 줬다곤 하지만, 그래도 5년 안에 졸업이라는 말도 안 되는 성과를 올린 건 하페르트 본인이다.

그리고 정말 운명의 장난일지 아닐지 모르겠지만 하페르트는 마검사 학교 입학 예정자이기도 하다.

마검사는 검사, 마법사 두 부류에서 일정 수준 이상이 되어야 할 수 있는 특별한 존재.

그것을 하페르트는 해냈다.

그리고 마검사는 결정적으로 검사들의 급수나 마법사들의 서클과 같은 계급이 없다.

따라서 하페르트가 구성 가문 가주 심사 자격을 요청하여, 통과한다고 해도 문제는 전혀 없다.

불 원소 구성 가문 가주이면서, 동시에 마검사 학교 학생인 그런 단계를 밟는 것이다.

하페르트는 가문의 이름을 그가 전에 가졌던 가문의 이름 그대로, 노힐로 요청한 상태다.

보통 가주 자격이 통과한 뒤에 가문 이름을 짓기 마련인데 하페르트는 그 반대로 하는 중이다.

그만큼 무너진 자신의 가문을 재건하고 싶고, 과거의 자신의 아버지처럼 힘에 굴복하지 않고 신념에 따르기 위해 그 이름을 그대로 사용하겠다는 그만의 다짐을 드러낸 것이다.

마검사 학교는 2년 전에 개교했다.

물론 학생 수는 고작 세 명.

전부 검사 친위대에서 나온 학생들이다.

사일러드와의 전쟁을 함께 준비했던 그 친위대원들이 3년이 넘는 시간이 지난 후에야 마검사로 각성한, 조금은 아이러니한 상황이 된 것이다.

그리고 이제 곧 입학할 하페르트.

그가 마법사 중에 나를 제외하고 최초로 마검사가 될 녀석이다.

마검사 학교가 개교함에 따라 가렌트는 교장직을 드레드에게 물려주고, 현재는 마검사 학교에서 학생들을 지도 중이다.

이처럼 세 사회가 많은 변화를 맞이했지만 변화 없이 똑같은 사람이 유일하게 있었으니…….

바로 나다.

지난 5년 동안 찾아낸 게 아무것도 없다.

정말 허탈하기 그지없었다.

5일도 아니며, 5개월도 아닌 5년.

난 아침부터 새벽까지 여정을 떠난 뒤에 교장실로 들어오면 칼리토 책을 늘 다시 살핀다.

바로 칼리토 책 '약력' 부분에 있는 그 링킹들.

링킹 속 풍경들을 유심히 관찰하기 위해서다.

고대의 마법사들이 칼리토 책을 처음 손에 넣게 된 그 순간이 바로 링킹의 시작점이다.

여전히 나의 링킹은 생성되지 않았다.

마지막은 늘 그렇듯, 내 스승님의 링킹으로 끝이다.

어쨌든, 링킹 속에 있는 풍경을 보고 난 추측하기 시작한 거다.

이들이 처음 습득한 이곳이 내가 돌아다닌 곳 중에 눈에 익은 곳이 있는지. 만약 눈에 익는 곳이라면 그 근처에 칼리토 책과 같은 유물들이 있을 가능성이 높으니까.

그렇게 집과 같은 교장실에서 링킹을 살필 땐, 그 풍경들을 눈에 담았다.

하지만 위의 세계들의 공통점이 뭔가?

보주화에다가 익스팬로스를 입힌 마법이다.

스스로가 계속 팽창, 증식하는 익스팬로스.

환생한
고대마법사의
정주행

그런 영향인지 지형의 변화, 그리고 세계의 크기도 눈에 띌 정도는 아니지만 조금씩, 조금씩.

나날이 커져 가는 중이다.

그렇기에 링킹 속에 나온 풍경과 정확히 일치하는 곳을 난 찾을 수 없었다.

"도대체 이 짓을 언제까지 해야 하는 걸까……."

나도 슬슬 지치기 시작했다.

정말 허송세월의 5년이다.

분명히 있을 거란 믿음 하나만 가지고 시작한 이 일.

하지만 상당히 긴 시간을 쏟아부었는데도 여전히 작은 단서 하나 손에 넣지 못하니, 나도 모르게 머릿속에선 이런 생각이 들었다.

'처음부터 아예 존재하지도 않은 거 아니야……? 아니, 그렇다면 사일러드에게 일어난 일은 어떻게 설명하냐고…….'

그런 부정적인 생각을 가지고 다시 칼리토 책의 링킹을 살피던 중이었다.

"……어?"

그런데 약력 부분의 마지막은 내 스승님의 링킹으로 끝이 나야 하는데.

오늘은 다른 게 있었다.

정확히 말하면.

누군가 마법을 부리는 것처럼, 펜도 없는데 글씨가 스스로

써지는 중이었다.

그렇게 알고 싶어? 사일러드에게 일어난 그 현상이 말이야.
알려 줄까?

책에 스스로 쓰이는 글씨를 보고.
난 그대로 얼어붙었다.
마치, 못 볼 것을 보고 난 뒤 공포에 질린 그런 경직과 같
았다.
내게 질문하듯 물어보는 책의 글씨.
그리고 이 글씨는 사일러드란 이름까지 정확하게 알고 있
었다.
내가 그대로 얼어붙자, 기존에 생긴 글씨는 사라지고 새로
운 글씨가 생겼다.

뭐야, 알고 싶었던 거 아냐? 5년이나 의미없는 짓을 하길래
정말 미치게 알고 싶어 하는 줄 알았는데.

내가 허송세월의 5년을 보냈다는 것도 정확히 알고 있는
책.
책이 마치 하나의 생명체가 된 느낌이다.
그런데 수상한 게 한두 가지가 있는 게 아니다.

그래, 이 책에 생명이 있고 눈도 달려 있다고 치자.

그러나 난 여정을 떠날 때 이 책은 이곳 교장실의 책상에 고이 모셔 두고, 몸만 움직였다.

나와 떨어져 있었는데 어떻게 내 일거수일투족을 전부 알고 있단 말인가?

대답 안 해? 모처럼 내가 친절하게 물어보는데.

내가 계속 입을 다물고 있자, 답답함이 느껴지는 글귀였다.

그제야 난 입을 간신히 뗄 수 있었다.

"누구냐, 너?"

그것도 알고 싶구나? 내가 누군지? 그렇다면…… 사일러드의 비밀과 내 정체, 둘 중 어느 것을 알고 싶어?

이젠 유치한 장난을 치기 시작했다.

"둘 중 하나만 알려 주겠단 뜻이냐?"

실망인데? 그렇게 받아들였어? 틀을 정해 줬다고 틀에 박혀 버렸다니.

점점 대화는 이상한 곳으로 흘러갔다.

그리고 내가 뱉은 질문이 이 책이 원하는 답이 아니었다는 것도 알 수 있었다.

틀에 박혔다라…….

그렇다면 이 책이 원하는 틀을 깬 답은 무엇일까.

답은 쉽게 알 수 있었다.

"둘 다 알려 줄 생각이군."

그래도 떠먹여 주면 받아먹을 줄은 아는 놈이네.

상대가 누군지도, 목소리도 들리지 않는 글씨지만 저 답을 본 순간엔 감정이 느껴졌다.

상당히 기뻐하고 있다는 그 감정이.

자세한 건 만나서 얘기하자. 이리로 와.

내가 책에서 그 글씨를 확인한 순간이다.

책은 스스로 공중으로 천천히 떠올랐다.

내가 마법을 구현한 게 아닌데, 책이 자체적으로 마법을 구현한 듯이 떠오른 것이다.

그리고 책은 이리저리 위태롭게 떨더니, 이내 하얀 빛을 내며 폭발했다.

'하얀 빛…….'

난 눈을 가리며 생각했다.

저 하얀 빛. 상당히 낯이 익은 하얀 빛이다.

'내 마검으로 사일러드를 찔렀을 때 나온 빛과 똑같은 느낌이야.'

빛이 다 똑같은 빛으로 보일지 모르겠지만, 마법에 의해 나오는 빛이라면 얘기가 다르다.

지금 책이 뿜은 하얀 빛은 분명하게 내가 사일러드를 소멸시키려고 할 때 발생한 그 빛과 똑같았다.

빛은 이제 걷혔다.

그리고 빛이 걷힌 뒤에는.

"……미칠 노릇이군."

내 교장실 가운데엔 천장까지 닿을 것만 같은 큰 하얀색 포털이 생성되어 있었다.

책이 스스로 글씨가 써지는 것도 모자라, 이젠 포털로 변했다.

난 자리에서 일어나 포털 앞으로 다가갔다.

'만나서 얘기하자라…….'

그렇다면 이 포털을 넘으면, 만나자고 한 누군가가 있다는 소리 아니겠는가?

난 그렇게 포털로 들어섰다.

나무에 갇히기를 수년이 지난 사일러드.

이젠 아무런 생각이 들지도 않을 정도로 해탈의 경지에 이르렀다.

몇 년이나 같은 풍경을 보고 있자니, 정말 지치기도 하고 아무런 의욕이 나지 않았다.

차라리 꼭대기의 철문 때가 훨씬 나았다고 생각이 들 정도다.

적어도 그때 그곳은 사방이 온통 어둠이었기에 아무것도 보이지 않았고, 그 덕에 탈출할 생각만으로 가득했으니까.

무엇보다 그때는 육신이란 게 존재했다.

그러나 이곳의 정원은 상황이 아예 달랐다.

육신이란 건 없고, 나무에 갇힌 상황에 시야에 가득한 푸른 잔디.

그리고 그런 잔디들 속에 드문드문 나 있는 알록달록한 꽃.

그런 꽃을 가꾸는 갈색의 마법사들까지.

평화롭고, 자신에게 시선 한번 주지 않는 그들을 보고 있노라면 정신이 뒤틀리는 것만 같았다.

자신의 존재 자체를 염두에 두고 있지 않는 그들의 모습과 육신도 없이 오직 시선은 한곳으로 고정된 채로 몇 년이나 지나니 정말 스스로도 존재하는 게 맞는 건지 의문이 들기 시작하며, 아무런 생각이 들지 않을 정도로 해탈의 경지로 다다랐다.

오늘도 사일러드는 그런 나날을 보내던 중이었다.

'이봐, 사일러드.'

그런데 누군가가 처음으로 자신에게 말을 걸었다.

사일러드는 주위를 살폈지만, 자신에게 말을 걸 사람이 없었다.

게다가 처음 듣는 목소리다.

살면서 사일러드는 이런 목소리를 가진 자를 본 기억이 없다.

그렇다는 뜻은 아예 자신이 모르는 사람이란 거다.

'뭐지……? 이젠 환청이 들리는 건가?'

당연하게도 현실이 부정될 수밖에 없었다.

얼마나 자신의 정신이 망가졌으면 이런 환청까지 들을까.

'품, 아니. 환청은 무슨. 내가 분명히 너를 부른 거야.'

하지만 목소리는 계속되었다.

의문의 목소리는 이제 자신을 조롱하는 것같이 느껴졌다.

게다가 이 목소리가 어디서 들리는가 하니, 바로 자신의 머릿속에서 울리는 것도 알게 되었다.

'어떻게 나한테 말을 걸 수 있는 거지……?'

'어떻게긴. 링킹이니까 가능하지.'

'링킹……?'

그렇다면 플레우드란 소리다.

그러나 사일러드가 아는 플레우드라곤, 아르키스 에이머

와 한때 그의 스승 알라이즈 페트라.

그런데 그 목소리는 둘 중 누구의 목소리도 아니었다.

게다가 플레우드는 이 정원에 있지도 않은데 지금 링킹을 사용하여 자신에게 말을 걸고 있다는 뜻이 되었다.

사일러드는 단번에 알았다.

누군지는 모르나, 아르키스 에이머와 견줄 수 없을 정도로 강한 마법사일지 모른다는 것을.

'사일러드, 내가 한 가지 궁금한 게 있어서 말이야.'

목소리는 자신에게 호의적이었다.

사일러드는 이에 순종적으로 반응했다.

'뭐가 그렇게 궁금하지……?'

'너에게 다시 자유가 주어진다면, 넌 어떻게 할 생각이지?'

'어떻게 하다니. 뭘 말이지?'

'뻔하잖아. 행동을 묻는 거지. 다시 예전처럼 모두를 공포에 질리도록 할 생각인가?'

사일러드는 많은 고민이 들었다.

마치 자신을 시험하는 것만 같은 질문이었기 때문이다.

녀석도 플레우드라면, '아니, 이젠 회개할 거다.'라는 거짓된 답변을 해야 할까.

아니면 '당연한 걸 왜 묻지?'라는 진실을 꺼낼까.

자신이 뱉는 답에 따라 후에 다가올 결과가 다를 것을 직감했기 때문이다.

신중하게 답해야 한다는 중압감 때문에 한참이나 침묵을 지킬 때, 목소리가 먼저 말했다.

'정해졌군. 뭐, 나쁘지 않아. 어차피 내가 원하는 답은 정해져 있던 게 아니거든. 그런 고민을 할 필요도 없어서. 지금 링킹에 연결된 상태라는 걸 잊은 건가?'

이젠 훈계하는 듯했다.

그리고 목소리가 말한 뜻은 어차피 링킹에 연결되었기에 그의 생각도 고스란히 알 수 있었다는 것이다.

이미 사일러드는 답하고픈 진실을 생각하고 있었기에, 의문의 목소리는 그의 의도를 파악하고 있었다.

'기대하지.'

의문의 목소리는 알 수 없는 말을 남기고 더는 들리지 않았다.

'도대체…… 어떻게 흘러가는 중이지? 플레우드가 또 있었다니?'

딱 그런 생각을 할 때였다.

그는 정원에서 일어난 괴현상을 보고 말문이 다 막혔다.

❧

밑의 세계에선 루트와 릴의 결혼식이 한참이나 진행되는 중이었다.

참석자는 약 6년 전, 함께 사일러드와 싸웠던 검사와 마법사 들 전부가 모였다.

아무래도 어려운 일을 함께 해낸 동료였다 보니, 이런 경사스러운 날에 모이지 않을 수가 없었다.

딱 한 사람만 빼고 다들 진심으로 결혼을 축하하는 모습이었다.

하지만 그중 유독 불편해하는 사람이 있었으니 바로 루스 알프릭이었다.

둘의 결혼은 이미 예전에 했지만, 루트의 가문 안정화와 더불어 처리할 일이 많아 늦게 식을 올리게 되었기 때문이다.

하지만 아르키스 에이머의 불참으로 인해 사회는 가렌트가 대신 봐 주었고, 그렇게 그 둘의 결혼식은 축복으로 장식하며 끝이 나려고 할 때였다.

콰앙-!

그 순간, 가까운 곳에서 들린 굉음.

동시에 결혼식장에 있는 모두는 경직되었다.

평화로운 나날을 보내고 있던 와중에 굉음이 들린 거다.

누군가 마법이나 검술을 연습하다가 발생시킨 소음?

그럴 리가 없었다.

그리고 고작 그런 것 가지고 이런 굉음이 나올 리도 없었으니까.

그렇기에 결혼식장에 있는 모두는 직감했다.

지금 무슨 일이 생겼구나.

도대체 무슨 일일까?

일순간 축하와 행복의 목소리로 가득했던 결혼식장에는 불길한 침묵이 감돌았다.

꽃

포털을 넘고 나서 내가 도착한 곳은, 거대한 도서관처럼 보이는 곳이었다.

여기저기에 빼곡히 들어서 있는 책장, 그리고 그 속을 가득 채운 책들.

책들의 특징은 칼리토 책처럼 제목이 따로 없는 가죽 소재의 표지만 있었다는 점이다.

게다가 책장의 크기는 웬만한 건물 2층 높이와 맞먹을 정도다.

이렇게 쓸데없이 큰 책장을 난 본 적이 없다.

그런데 이 의문의 곳은 이런 책장들로만 이루어져 있었다.

더욱더 신기했던 것은, 그런 책장이 좌우로만 나열되어 있고.

가운데에는 길이 뚫려 있다는 것이다.

내가 주변을 살피면서 정면만을 보고 걸었을 때였다.

얼마 지나지 않아, 드디어 길의 끝에 다다랐을 때.

그곳에는 사람 한 명이 앉아 있었다.

인상착의는 내 전생의 모습과 상당히 닮은 사람이다.

백발의 장발.

그리고 바닥까지 내려오는 긴 소매의 로브를 입은 하얀색으로 도배된 사람이었다.

단번에 보고 알았다.

저 사람도 마법사란 것을.

그리고 나와 같은 플레우드다.

난 과거의 거울을 마주 보고 있는 것만 같았다.

완벽히 똑같은 건 아니지만, 그런 그의 인상착의가 내 전생의 모습과 상당히 닮았기에.

마치 과거의 내 모습을 실체화시켜 이곳에 앉혀 놓은 것만 같았다.

그가 앉아 있는 의자는 황제의 의자처럼, 휘황찬란했다.

쓸데없어 보일 정도로 긴 등받이.

등받이는 무려 천장까지 쭉 뻗었고, 금색이다.

의자 뒤에는 제단이 여덟 개가 있었고, 그 위에는 책장에 걸린 책과 똑같은 책이 펼쳐져 있었다.

그리고 그런 그 옆에는 하얀색의 둠 리포졸과 같은 모습을 한 피조물이 서 있었다.

마치 황제 같은 정체 모를 저 마법사를 지키기 위한 기사처럼 보일 정도였다.

하지만 하얀색의 둠 리포졸.

난 저걸 보고 단번에 알 수 있었다.

저것은 일반 둠 리포졸이 아니다.

사일러드가 비장의 무기로 꽁꽁 숨겨 두었던, 그 정령이다.

'심지어 하얀색…… 빛 원소의 정령? 아니면……?'

설마 플레우드 정령이진 않을 거다.

"하암~ 꽤 늦게 왔네. 얼마나 기다리고 있었는데."

드디어 의자에 앉은 사람이 내게 말을 걸었다.

말투 자체는 태평하고, 걱정거리는 하나도 없는 그런 사람으로 보였다.

게다가 내게 적대심 같은 건 보이지 않았다.

눈빛을 보니 은근히 나에 대한 애착이나 그리움 같은 것이 보였다.

즉, 내게 호의적으로 보이는 사람이다.

'그런데…… 날 어떻게 알고? 난 처음 보는 사람인데?'

정체를 모르기에 난 경계할 수밖에 없었다.

그러자 그는 평온한 미소를 띠고, 손사래 치면서 내게 말했다.

"그렇게 경계하지 마. 나 나쁜 사람 아니야. 하하하."

제 딴에는 긴장을 풀라고 하는 소리 같은데, 오히려 더 경계심이 들었다.

"……누구지, 넌?"

"이미 내 이름 알고 있잖아? 6년 가까이 지겹게도 봤으면서? 그것도 하루도 빼지 않고 매일."

"……뭐?"

"내 이름은 칼리토. 반가워, 아르키스 에이머. 나의 몇 번째인지 기억도 나지 않는 자식이여."

칼리토란 마법사를 대면한 순간이다.

여러 의문 사항이 들었지만, 그중에 내 귀를 가장 거슬리게 하는 것이 있었다.

"몇 번째인지 기억도 나지 않는 자식……?"

이게 무슨 소리인가 싶었다.

하지만 난 무슨 의도로 말하고 있는지 알 것만 같았다.

이런 얘기.

이미 전에 들은 적이 있지 않은가?

바로 타일런트를 향해 복수하기 위해 꼭대기에 올랐을 때 봉인에 풀린 사일러드가 내게 한 말과 같았다.

자신의 조각을 밑의 세계에 뿌렸는데, 어째서 내가 그 속에 들어가 있냐는 그의 말.

지금 칼리토가 내뱉은 말이 그때 사일러드가 했던 말과 일맥상통한 느낌이다.

"그래, 네가…… 정확히…… 몇 번째였지……? 넌 기억나? 난 아예 기억이 안 나는데."

칼리토는 바로 옆에 있는 정령에게 물었다.

그러자 정령은 허공을 두둥실 떠다니며 유유히 어디론가 향했다.

난 그런 정령에게 시선을 고정하고 그의 행동 전부를 경계할 수밖에 없었다.

정령이 향한 곳은 바로 그 거대한 책장이었다.

정령은 저 멀리 있는 책장을 뒤지더니, 중간쯤에 있는 책 한 권을 꺼냈다.

내 눈에는 전부 제목도 없이, 가죽 표지로만 된 똑같은 책인데도 정령은 분명하게 자신이 찾고자 하는 걸 찾았다.

그렇게 정령은 들고 온 책을 칼리토에게 건넸다.

칼리토는 책을 펼치면서 말했다.

"아아~ 이때였구나? 이제 기억난다. 대략…… 구십이만 구백여덟 번째 자식이네?"

"……뭐?"

구십이만 구백여덟 번째.

저 칼리토란 놈이 무슨 산란기의 물고기도 아니고 한 번에 자식을 몇천 명씩 낳는 존재가 아닌데, 어떻게 구십만이란 단위까지 갈 수 있는지, 나는 의문스러워졌다.

하지만 이게 가능하려면 딱 한 가지 방법이 있었다.

"설마…… 내가 네가 인위적으로 만든 생명체라는 거냐?"

바로 사일러드가 보였던 그 행보다.

비전력과 소환 마법을 결합하면서, 신물만 소환하고 다루던 소환사가 사람이라는 새로운 생명체를 창조한 것.

칼리토는 지금 그걸 말하는 것 같았다.

"응."

맥이 빠질 정도로 그는 간결하게 답했다.

그러곤 책을 덮고, 정령에게 건넸다.

그는 정령을 자신의 비서처럼 다루고 있었다.

"고마워. 다시 제자리에 갖다 놔."

정령은 조용히 그의 책을 받아 본래 있던 자리에 그대로 꽂아 넣었다.

"그게 무슨 소리지……? 내가 너의 자식이라니. 지금 이 몸은 사일러드가 새롭게 만든 생명체에 나도 모르게 내 영혼이 들어간 거다. 즉, 네가 만든 게 아니라고."

"에휴, 대마법사란 놈이 눈치가 조금 부족하긴 하네."

그러나 그는 내가 말하고 있는 중인데도, 귀를 후비며 귀찮다는 듯이 훈계했다.

"너도 모르는 그 환생, 그거 내가 그렇게 만든 거야."

"……뭐?"

"타일런트의 마법과 충돌했을 때 발생한 그 하얀 빛. 내가 일으킨 거라고. 그리고 네 전생의 몸인 아르키스 에이머 역시 내가 만든 생명체고. 너뿐인 줄 알아? 사일러드도 내가 만든 놈인데. 그러니까 내 자식이 맞지."

"도대체 무슨 소릴……?"

들으면 들을수록, 정신이 아찔해지기만 했다.

아니, 아예 이해가 되지 않았다.

비단 나뿐이 아니라 사일러드까지 자신이 만들었다니.

그러고 보니 자신을 칼리토라고 소개한 이 남자도 의심스러웠다.

분명히 칼리토는 책의 링킹에서 본 고대의 마법사보다도 훨씬 오래전에 존재한 마법사.

그렇게 가장 오래된 사람이 어떻게 지금껏 멀쩡히 살아 숨쉬고 있단 말인가?

아무리 마법사의 수명이 길다고 하지만, 이건 반칙일 정도로 비정상적으로 길었다.

"그래, 그런 생각이 들 수 있어. 합리적인 의심이야. 이건 나쁘지 않네."

그런데 난 생각만 했을 뿐인데, 그는 고개를 끄덕이며 답했다.

마치…… 내 생각을 읽고 있는 것처럼 보였다.

"설마……?"

"응, 이제 눈치챘어? 넌 이미 나랑 링킹이 연결된 상태거든."

나도 모르는 사이에 링킹에 당할 정도로 칼리토는 비정상적으로 강한 마법사였다.

'게다가…… 정령 마법까지 다룬다. 사일러드처럼…… 더블 캐스터에 비전력 사용자……? 링킹까지 사용한다면……

저 정령…… 플레우드 정령이란 건가?'

"푸하하!"

딱 그 생각을 했을 때, 칼리토는 폭소를 터트렸다.

눈가에 눈물이 맺힐 정도로 웃어 젖히는 중이다.

"아~ 귀여워. 더블 캐스터에 비전력 사용자라니 나를 너희들이 스스로 정한 정의로 말하는 게 너무 귀여운데. 그래도 맞게 봤어. 저 정령, 플레우드 정령이 맞아."

'말도 안 돼…….'

난 슬쩍 마법을 구현해 보려고 했다.

내가 구현할 마법은 바로 마검.

그러나 귀신같이 내 의도를 어떻게 알아차렸는지, 정령은 나를 향해 마법을 구현했다.

바로 내가 플레우드를 구현 못 하도록 방해한 것이다.

그로 인해 내 손에는 마검이 생겨나지 않았다.

"꼭 그렇게 확인해 봤어야 해? 사람 말을 좀 믿으라고. 게다가 난 일반 사람도 아니고 네 아버지인데."

"……."

그 순간 난 평민으로 전락해 버린 느낌이 들었다.

"자, 그런데 우리가 만나기로 한 건 이런 불편한 대화를 이어 가기 위한 게 아니잖아? 네가 궁금한 것을 알려 주려고 한 거니까. 뭐부터 설명해 줄까? 모처럼 내가 인정한 녀석이니까 다 알려 줄게."

"다…… 알려 주다니……."

"내 정체부터 너희들이 사는 세상, 그리고 내가 자식이라고 말하는 것들과 사일러드에게 일어난 현상 등등 네가 궁금한 것 모두."

그는 인자함을 잃지 않고 나를 설득하듯 말했다.

그러나 난 여전히 머리가 복잡하여 정확히 뭐부터 설명해 달라는 말을 할 수 없었다.

"쯧, 그래. 아무래도 한꺼번에 많은 걸 알게 되면 머리가 복잡해지기 마련이니까. 그럼 내가 차근차근 설명해 주지."

그렇게 칼리토의 설명이 시작되었다.

"일단 이것부터 볼래?"

그는 의자 뒤에 있는 제단 위의 책을 가리켰다.

그러자 책장에서는 영상물이 하나 나왔다.

이런 형식 이미 숱하게 본 것이다.

바로 책에 입혀진 링킹.

칼리토가 마법을 부리자, 링킹이 나도 볼 수 있도록 재생되었다.

여덟 개의 제단.

그리고 여덟 권의 책.

그 여덟 권의 책에서 동시에 링킹이 시작된 것이다.

그러나 난 링킹이 보여 주는 기억을 본 순간 정신이 아득해졌다.

여덟 개의 링킹 속에는 분명히…….

내 전생의 모습이 다 담겨 있었다.

하지만 색깔은 달랐다.

빨간색의 전생의 내가 있었고.

갈색, 하얀색, 파란색, 검정색 등등.

난 그걸 보고 알 수 있었다.

지금 칼리토가 보여 주는 이 링킹 속의 전생의 '나 자신들'은 모두 똑같이 생겼지만 각각 다루는 원소가 다르다는 것을. 심지어 플레우드가 아닌 단일 원소였다.

"보는 것과 같이. 난 하나의 실험을 하기 위해 너와 똑같은 모습을 한 녀석 여덟 명을 만들고 각자의 세계에 살게 했지."

"각자의…… 세계?"

"그래, 네가 살던 세계는 그 세계만 있는 게 아니란 뜻이지. 총 여덟 개의 세계가 있어. 난 각각의 세계관에 다른 인식을 심어 줬지."

그러면서 이제 칼리토는 가장 마지막 제단에 있는 링킹을 가리켰다.

그 링킹은 바로 내 현재 모습이 담긴 링킹.

즉, 내가 사는 세상의 링킹을 보여 주는 것이다.

링킹 속의 나는 허송세월을 보낸 그 나날을 재생하는 중이었다.

"네가 살던 세상은 플레우드가 가장 강했지? 하지만 다른 세상은 달라. 빨간색의 네가 있는 곳은 불 원소가 가장 강하다고 믿는 세상이고. 여기 검정색은……."

이번엔 검정색으로 치장된 링킹을 가리켰다.

"어둠 원소……?"

"아니, 소환사가 가장 강한 세상이지. 즉, 여기 링킹에 있는 네 전생의 모습은 전부 각자 세계의 대마법사들이야. 스스로 대견해해도 돼. 넌 이 8 대 1의 경쟁을 뚫고, 내 앞에 올 수 있었으니까."

그는 나를 기특하게 말했지만, 난 전혀 와닿지 않았다.

이게 무슨 수작인가 싶은 느낌만 들었다.

"이런 짓을 왜 한 거지? 똑같은 사람을 여덟 명이나 만들고 각자의 세상에서 살게 하다니."

"배움과 깨달음엔 끝이 없거든."

그 말을 듣는 순간 나는 조금의 소름이 돋았다.

델세르가 루트의 가주 자격 심사 요청서를 들고 왔을 때.

나라면 어떤 결정을 내렸을 것 같냐는 질문에 난 저 말로 답을 대신했으니까.

"아 참. 너도 이 말을 한 적이 있지? 이제 부전자전이란 게 조금은 느껴지나? 결국 피는 못 속이는 법이거든. 넌 어쨌든 내가 심혈을 기울여 만든 녀석이니까 내 생각을 가장 많이 물려받은 녀석이라고 할 수 있지."

"심혈을…… 기울여 만들어?"

"그래, 대마법사가 되어야 할 놈이니까 남들과는 다르게, 강하게 만들었지."

"남들과는 다르게……?"

"아, 아직도 이해를 못 한 것 같아서 강조하면. 네가 살던 세상의 검사, 평민, 마법사 전부 내가 만든 생명체야. 그 세상을 만든 것도 나고. 이제 알겠어?"

그렇다면 우린 신분 상관없이, 같은 부모를 둔 형제란 뜻이 된다.

"그래! 이제야 알아차렸네! 넌 그간 이상하지도 않았어?"

"뭘…… 말이지?"

"플레우드란 존재 말이야! 플레우드가 되려면 너희들이 세운 이론상으론 혈통밖에 없는데. 또 플레우드끼리는 서로 가족이 아니야. 노력으로 될 수 있는 것도 아니고. 이게 이상하지 않았냐고."

확실히…… 내가 늘 이상하다고 생각한 것이었다.

정확히는.

스승님의 제자가 되었을 때 분명 플레우드는 혈통으로 탄생하는 존재밖에 없는데, 그렇다면 나와 스승님은 사실 같은 핏줄이 아닐까?

그런데 왜 우린 서로 아예 모르는 것일까?

이런 생각을 한 적이 있었으니까.

"그 이유가 바로 내가 만들고 툭 던져 놨기 때문이지. 그리고 그 이론은 어느 정도 맞아. 혈통이 아니고선, 플레우드가 될 수 없지. 즉, 내가 플레우드로 만들어 주지 않으면 영원히 플레우드가 될 수 없어."

"왜 그런 짓을 한 거지……?"

"말했잖아, 네가 사는 세상은 플레우드가 가장 강한 세상이라고. 내가 그렇게 설정해 놨으니까. 그런 희귀한 놈의 개체수가 많으면 강함이 무뎌지거든. 특별한 존재는 더욱더 특별하게. 그게 내 모토야."

그는 자랑스럽게 답했다.

"그렇다면……."

난 빨간색의 내가 있는 링킹을 쳐다봤다.

"응, 저 세상은 불 원소사가 가장 강해서 역시 네가 살던 세상처럼, 불 원소사의 숫자가 제일 적지."

칼리토는 철저하게 특별한 존재의 개체수를 소수로 제한하고 여기에서 지켜보고 있었다는 뜻이었다.

애당초 여덟 개의 세상을 자신이 만들었으니, 위에서 느긋하게 지켜보던 관조자였던 것이다.

"사일러드에게 일어난 현상은…… 네가 그런 건가 보군."

내 마검에 찔렸을 때 발생한 하얀 빛.

그리고 내가 타일런트에게 죽었을 때 발생한 하얀 빛.

두 빛이 동일하다.

사일러드를 소멸시키려 찔렀을 때, 분명히 이상하다고 여겼던 그 빛이 사실 이 위에서 칼리토가 사일러드를 보존시킨 것이었다.

"응, 그냥 죽게 놔두기엔 아까운 인재라서 내 결정을 확실히 하기 위해 너랑 한 번 더 경합을 붙이고 싶었거든."

"……인재?"

그런데 그는 사일러드를 고평가했다.

"플레우드도 아니게 만들어 놨는데, 플레우드보다 더 강한 모습을 보여서 꽤 흥미가 있었어."

그 답을 하며, 칼리토는 정령에게 눈빛을 보냈다.

둘이 무슨 얘기를 주고받는지는 모르나, 정령은 눈빛만 보고도 어떤 명령인지 이해했는지 고개를 끄덕이고 내 앞으로 다가왔다.

그리고 갑자기 뭉툭한 그 손으로 내 머리를 감싸 쥐었다.

"……뭐 하는 거야!"

"워, 워. 흥분하지 말고 가만히 있어."

다음 권으로 이어집니다